旅行是为了
抵达内心和远方

毕淑敏 ///////// 著

朗读者 ｜ 毕淑敏

北京联合出版公司
Beijing United Publishing Co.,Ltd.

生命本是宇宙中一瓣
微薄的睡莲，
终有偃旗息鼓闭合的那一天。
出发时，
悄声提醒，
背囊里务必记得
安放下你的灵魂。

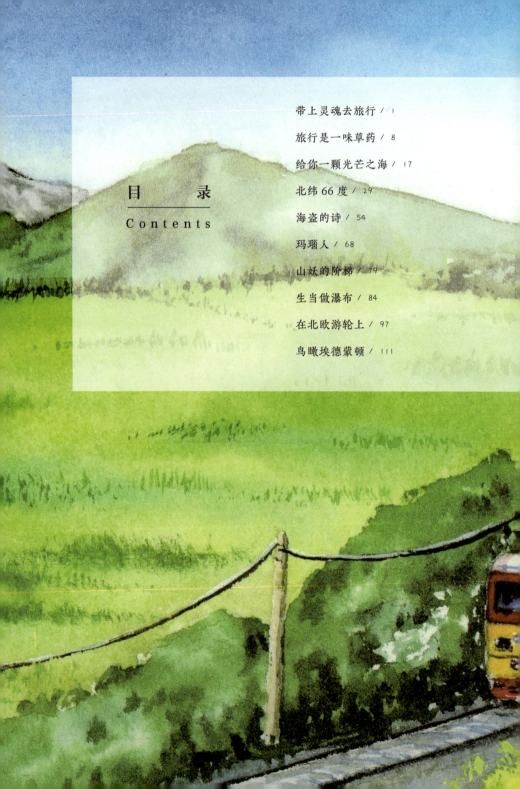

目　录
Contents

带上灵魂去旅行

　　人的知识永远是不完备的，他无法知道一个地区或是一个时代是否就是空间和时间的全部。从这个意义上讲，我们每个人都是井底之蛙，所不同的只是栖息的这口井的直径大小而已。每个人也都是可怜的夏虫，不可语冰。于是，我们天生需要旅行。生为夏虫是我们的宿命，但不是我们的过错。在夏虫短暂的生涯中，我们可以和命运做一个商量，尽可能地把这口井的口径掘得大一些，把时间和地理的尺度拉得伸展一些。就算最终不可能看到冰，夏虫也力所能及地面对无瑕的水和渐渐刺骨的秋风，想象一下冰的透明清澈与痛彻心扉的寒冻。

　　旅行，首先是一场体能的马拉松，你需要提前做很多准备。先说说身体方面。依我片面的经验，旅行的要紧物件有三种。

第一，当然是时间。人们常常以为旅行最重要的前提是钱，于是就把攒钱当成旅行的先决条件。其实，没有钱或是只有少量的钱，也可以旅行。关于这一点，只要你耐心搜集，就会找到很多省钱的秘诀。如果把一个人比作一辆车，驱动我们前行的汽油，并不是金钱，而是时间。这个道理极其简单，你的时间消耗完了，你任何事都干不成了，还奢谈什么呢？或者说，那时的旅行只有一个方向，就是地心了。

第二，是放下忧愁。忧愁是旅行的致命杀手，人无远虑，乃可出行。忧愁是有分量的，一两忧愁可以化作万只秤砣，绊得你跌跌撞撞、鼻青脸肿。最常见的忧愁来自这样的思维：把这笔旅游的钱省下来可以买多少斤米多少篓菜，过多长时间丰衣足食的家常日子。将满足口腹之欲的时间当作计量单位，是曾经有用现在却不必坚守的习惯。很多中国人一遇到新奇又需要破费的事，马上把它折算成米面开销，用粮食做万变不离其宗的度量衡。积谷防饥本是美德，可什么事都提到危及生命安全的高度来考虑，活着就成了负担。谁若一意孤行去旅行，就咒你将来基本的生存都要打折，食不果腹、衣不蔽体、流落街头……别怪我说得凄惶，如果你打算来一次比较破费的旅行，你一定会听到这一类的谆谆告诫。迅疾地把诸事折合成大米的计算公式，来自温饱没有满足的农耕时代遗留下来的精神创伤。如果你一定要把所有的钱都攒起来用于防患于未然，这是你的自由，别人无法干涉。可你要明白，身体的生理机能满足之后，就不必一味地再纠结于脏腑。总是由着身体自言自语地说那些饥饱的事，你就灭掉了自己去看世界的可能性，一辈子只能在肚子画出的半径中度过。这样的人生，在温饱还没有解决的往昔，是不得已而为之，甚至可能成为能优先活下来的王牌。在今天，就有时过境迁、过于迂腐之感了。

第三，是活在身体的此时此刻。此话怎讲？当下身体不错，就可以出发，抬腿走就是，不必终日琢磨以后心力衰竭和罹患癌症的剧痛。我琢磨着自己还有能力挣出些许以后治病的费用，我相信国家的社会保障机制会越来越好。我捏捏自己的胳膊腿，觉得它们尚能禁得住摔打，目前爬高上梯、风餐露宿不在话下。若我以后真是得了多少万人民币也医不好的重症，从容赴死就是了，临死前想想自己身手矫健、耳聪目明时，也曾有过一番随心所欲的游历，奄奄一息时的情绪，也许是自豪。

我是渐渐老迈的汽车，油料所剩已然不多。我要精打细算，小心翼翼地驱动它赶路。生命本是宇宙中一瓣微薄的睡莲，终有偃旗息鼓闭合的那一天。在这之前，我一定要抓紧时间，去看看这四野无序的大地，去会一会英辈们留下的伟绩和废墟。

　　终于决定迈开脚步了。很多人有个习惯，出远门之前，先拿出纸笔，把自己要带的东西都一一列出。旅游秘籍中，传授这种清单的俯拾即是。到寒带，你要带上皮手套、雪地靴，到热带，你要带上防晒霜、太阳镜、驱蚊油。就算是不寒不热的福地，你也要带上手电筒、小檗碱加上使领馆的电话号码……

所有这些，都十分必要。可有一样东西，无论你到哪里，都不可须臾离开，那就是——你可记得带上自己的灵魂？

　　据说古老的印第安人有个习惯，当他们的身体移动得太快的时候，会停下脚步，安营扎寨，耐心等待自己的灵魂前来追赶。有人说是三天一停，有人说是七天一停，总之，人不能一味地走下去，要驻扎在行程的空隙中，和灵魂会合。灵魂似乎是个身负重担或是手脚不利落的弱者，慢吞吞地经常掉队。你走得快了，它就跟不上趟儿。我觉得此说法最有意义的内容，是证明在旅行中，我们的身体和灵魂是不同步的，是分离分裂的。而一次绝佳的旅行，自然是身体和灵魂高度协调一致，生死相依。

　　好的旅行应该如同呼吸一样自然，旅行的本质是学习，而学习是人类的本能。身为医生，我知道人一生必得不断地学习。我不当医生了，这个习惯却如同得过天花，在心中留下斑驳的痕迹。旅行让我知道在我之前活过的那些人，他们可曾想到过什么、做过什么。旅行也让我知道，在我没有降生的那些岁月，大自然盛大的恩典和严酷的惩罚。旅行中我知道了人不可以骄傲，天地何其寂寥，峰峦何其高耸，海洋何其阔大。旅行中我也知晓了死亡原不必悲伤，因为你其实并没有消失，只不过以另外的方式循环往复。

　　凡此种种，都不是单纯的身体移动就能解决的问题，只能留给旅行中的灵魂来做完功课。出发时，悄声提醒，背囊里务必记得安放下你的灵魂。它轻到没有一丝重量，也不占一寸地方，但重要性远胜过 GPS。饥饿时，它是你的面包，危机时，它助你涉险过关。你欢歌笑语时，它也无声扮出欢颜。你捶胸顿足时，它也滴泪悲愤……灵魂就算不能像烛火一样照耀着我们的行程，起码也要同甘共苦地跟在后面，不离不弃，不能干三天停一天地磨洋工。否则，我们就是一具飘飘荡荡的躯壳在蹒跚，敲一敲，发出空洞的回音，仿佛千年前枯萎的胡杨。

灵魂就算不能
像烛火一样照耀着我们的行程，
起码也要
同甘共苦地跟在后面，
不离不弃。

旅行是一味草药

她是一个抑郁症患者，吃了很多药，总是刚开始的时候有效，后来就渐渐失效。神经科的医生对她说："你在吃药的同时，还要进行心理治疗。"于是，她找到了我。

在进行过一段治疗未见明显效果之后，我对她说："你要去运动。"

她是一位女白领，因病已经很久没有工作了。她漠然地说："我从小就不参加任何运动，现在我都病成这样了，哪里还有心思去运动呢？"

我思忖着说："你去旅游吧。"

她说："一点儿兴趣也没有。"

我说："既然想治病，就要听医生的。你必须出发。"

她终于艰难地决定试试，问："到哪里去呢？"

我说："你想到哪里去呢？"

那时正是盛夏，天气极端炎热，闷得人恨不得将胸膛撕个口子透透气。
我说："我建议你到三亚去。"

她说："北方已经热成这个样子了，海南多不舒服啊。"

我说："听我的吧。"

过了两天，她打电话说正在旅行社报名，有三星级、四星级、五星级的团，
到底参加哪一个呢？

"参加最便宜的团。"我说。

她在电话那头说："毕老师，不要为我考虑省钱的事儿。无论哪种团，
都比旺季要便宜三分之一。现在是淡季，又闷又热，马上还要来台风，几乎

没有人到海南旅游。来报名的都是一些底层民众和大学生，图的就是便宜。"

我说："这太好了。"

她不解地问："好在哪里呢？"

我说："好在有台风啊。"

她说："很多人听说有台风就退团了，您却说好，真是不明白。不过，反正我是无所谓的，连死都不怕了，还怕台风吗？我这就报名。"

我说："回来之后，你就报名去西北大漠。"

她说："就不歇歇吗？"

我说："不用，你支撑得了。"

等到她一个月后从海南和西北回来，简直像换了一个人，语速快了一倍，两眼炯炯有神。她拿出一个椰子壳做成的披头散发的小娃娃，说是送给我的礼物。

她微笑着说："我知道心理医生是不能收受来访者礼物的，所以那些比较贵重的东西，我就不送您了。这个椰子壳娃娃只要两块钱，您收下吧，以后您看到她，就像看到了我。我觉得自己已经好了，以后就不再常常上您这里来了，希望我再也不会和您见面。这对一般人来说是伤感的事情，但对我来说是快乐的事情。您作为心理医生，是不是也不愿意再看到您的来访者啊？如果他们永远不再来，您是不是特别高兴啊？"

这番话讲得多好，我感觉她已经走出了生命的幽暗巷道，看到了曙光。我收下了那个嘻嘻笑着的椰子壳娃娃，说："有一个小小的纠正，我虽然希望永远不在诊所里再看到你，但我希望确切地知道你在这个世界上好好地生活着。"

她说："会的。从这次旅游中，我深深感受到生活的美好。以后，若是一发现自己有复发的苗头，我马上就报名参加一个旅行团。记得我上次同您说过，我还没有去过欧洲呢。"

我说："如果是单纯的旅行，你可以到欧洲去。如果真的像你所说的，要把自己抑郁的症状在第一时间反击回去，那么欧洲可能不是一个最好的选择。"

她有些不解。

我说："请你告诉我，这次旅行，让你印象最深刻的是什么？"

"台风。"她说，"我以前只是听说过台风，并没有亲眼见过。狂风暴雨，惊涛骇浪，太可怕了。有好几次，我真的觉得自己要死了。我以为自己是不怕死的，但在大自然的暴虐威力下，我开始珍惜自己的生命。"

我说："还有什么？"

她愣了一下，说："肮脏。您让我报的是比较低档的旅游团，住宿和饮食的卫生状况都比较差，又正是炎热的夏季，那么多苍蝇……在西北，我看到的苍凉大漠，倒是不脏，可那是多么干旱和枯燥的所在啊。"

我说："还有呢？"

她突然有点儿不好意思，说："抢着吃饭。旅游团吃饭是十人一桌，每天都是在低档小饭馆吃团餐，我不敢说人家一定克扣了伙食费，但几乎每顿都吃不饱是千真万确的。每天吃饭的时候，先上一大盆米饭，让大家把肚子填个半饱，然后才上菜。盛菜的盘子很小，根本就不够吃，九双筷子蜂拥而上，每人只夹了几下，盘子就见了底儿……我哪里见过这阵势啊！拿着筷子还在那里等着你谦我让呢，还没动手，桌上就只剩下残汤剩饭了。"

我说："这就是最基本的生存法则。"

她说："是啊，我只好抖擞精神，加入生龙活虎的吃饭大军里去了。三顿饭之后，我就毫不示弱地争抢了；三天之后，我简直变成了一个饕餮之徒。然后，我的心情就在不知不觉中发生了变化，我会在听到海鸥的叫声时露出微笑，您知道，我已经许久不会微笑了，因为我找不到微笑的理由。现在我知道了，微笑不需要多么惊天动地的理由，只要感受到清风朗月、大自然的生机，就可嫣然一笑。"

话说到这份上，真让我觉得她不虚此行。到此刻，我几乎确信，她渐渐走出了抑郁症的阴影。

她兴致勃勃地说："大约在旅游两星期之后，我感觉到了自己体内油然而生的变化。我不再那样百无聊赖

了，也不再对任何事情都没有兴趣了。我要感谢海南、感谢西北，这是我的再生之地。请您告诉我，当初您为什么一定要我到海南去，而且要报一个低档团，要迎着台风出发呢？"

我说："我想让你到一个和现实生活有很大反差的地方，五官和四肢就会开动起来，古老的生存法则就开始起作用。你看到新的景物，听到新的声音，闻到不同的气味，连空气的冷暖都是不同的，机体就会被动员起来，不再像破抹布一样萎靡不振。特别是遇到台风这样极端的天气，挑战就更猛烈。抢着吃饭的体验，对很多人来说已经非常陌生。人生理上古老的动力是很有激情的，会调动起身体的内分泌系统开始工作，而不是先前的一潭死水、一盘散沙。"

从那以后，我再没有见过她。我祝福并相信她在这个世界上的某个地方，快乐地生活着、旅行着。

现在我知道了，
微笑不需要多么
惊天动地的理由，
只要感受到清风朗月、
大自然的生机，
就可嫣然一笑。

给你一颗光芒之海

　　到伊朗旅行。还没出发,同行女友就说咱们一定要挑个好日子。我纳闷,说你是要避开什么特定的时辰吗?朋友说,伊朗有个珍宝博物馆,是一定要看的。它每星期只开放两天,每次只有很短的几小时。如果我们碰到它闭馆,就太遗憾了。

　　于是我们的出发和返程,都是按照伊朗珍宝博物馆的时间而设定。这样哪怕是出了意外情况,也有双保险。女人都喜爱珠宝,纵是无法拥有,看一看也是好的呀!

　　博物馆在德黑兰市的菲尔杜西街,因为在闹市区了,所以门口不可以停车,我们从很远的地方就下了车,步行过去。翻译是位资深的伊朗学者,对波斯历史颇有研究。他开玩笑地说，一会儿各位出来的时候，眼睛也许会闪耀黄金和钻石般的光芒。

珍宝馆在伊朗中央银行地下室，或者更确切地说它就是金库，里面储藏着波斯帝国历代的王座、王冠、宝剑、珠宝、首饰等宫廷用品。翻译说，这些价值连城的宝贝，本来是属于国王他们家的，1938 年，当时在位的礼萨·汗国王，把王室的藏品交给了伊朗国家银行，作为发行纸币的担保。1960 年年底，这个馆开始对公众开放。

珍宝馆先声夺人，不同凡响。我说的不是它的藏品，这时候我们还没来得及进馆呢，我说的是它的森严。在通往珍宝馆的路上，我们连续接受了三道安检。且不说书包、照相机等不能带进去，就连手机也要掏出来交付安全人员托管，真正做到身无他物，"裸着"进馆了。

悠长的台阶，走得人心惊肉跳。一步步走向地心，灯光幽暗，有一种洞穴探宝的感觉。珍宝馆内昏晦如夜，刚进去一瞬间你判断不出它的面积，好像广阔无边，也好像只有几间屋子大小。在暗淡的底色当中，一处处闪亮的岛屿，即防弹玻璃构成的陈列柜，就是那些惊世骇俗的珠宝栖息之地。首先映入眼帘的是巴列维国王的王冠，翻译告诉我们其上镶有 3380 颗钻石，共重 2000 余克拉。

翻译悄声向我们普及钻石的知识。由于钻石的珍贵和细小，重量就不能大刀阔斧地计量，改用了谨小慎微的"克拉"。这个标准是古希腊人最先制定的，他们所用的砝码，是生长在爱琴海岸边的角豆树种子。这种种子很小很轻，每颗的重量都基本相同。1克拉是200毫克，也就是0.2克。5克拉相当于1克。

我在以色列耶路撒冷城见过这种植物，类乎皂角树。它的种子被称为克拉豆，比绿豆稍大一点点，但没有绿豆那样丰满，呈扁平的椭圆形，浅淡的咖啡色，摸起来有轻的油腻润滑感。摆在手心上几颗仔细比较，果然难兄难弟的，万分相似。世界上已经发现的最大钻石，名叫"库利南"，重达3106克拉，有莽汉的拳头那么大，我国的"常林钻石"，重158克拉，似青皮小桃那么大。

重量在1克拉以下的钻石，只能用更微小的计量单位，叫作"分"。1克拉等于100分，也就是200毫克。常见某个女子被富豪迎娶，大秀特秀她的钻戒，重量是几克拉，引得人们尖叫。

巴列维国王王冠上2000多克拉钻石，共计400多克，大约合咱们的1市斤了。国王头戴这么重的王冠，是不是容易得颈椎病呢？我们在这厢刚被钻石闪得目光迷离，转过身去再被巨大的刻花金板晃得头晕眼花。金板足足有20千克重，上面有用钻石镶嵌的文字，说这是犹太教民在礼萨·汗国王加冕时的进献。旋即更是惊讶不已。一个37千克重的纯金地球仪，劈面而来。这个黄金球上覆盖着密密麻麻的宝石，有5万多颗，总重量高达1.82

万克拉。

它是先用纯金铸了个模拟地球的大球，再用宝石显示地球上的海洋和各国的具体位置。海洋用的是绿色宝石，估计是祖母绿。我私下里觉得海洋区域应该用蓝宝石，工匠之所以不这样安排的原因，我绝不敢推论是因为蓝宝石数量不够多，而用绿宝石替代。最大的可能是祖母绿比蓝宝石更为豪华奢靡。或者是因为从波斯湾看到的海水多呈绿色，故如此设计。

这架地球仪的制造，起因是 1848 年纳赛尔·丁国王继位后，觉得王室无数零散宝石不便于保存，遂生出一个主意，让工匠们制造珠宝地球仪。这一工程费时多年，至 1869 年完工。世界各国的位置，用红宝石表示，伊朗、法国、英国和东南亚用钻石来表示。我仔细看了看中国的位置，似乎是以碎钻标出来的（隔着防弹玻璃，不知道判断是否准确。说错了，请恕我不是珠宝专家）。不知道这种区别，是表示和这些国家比较亲善，还是率性为之。苛刻要求，该地球仪上中国大陆的海岸线标得不够细致，略显陡直。

另外一个吸引眼球的珠宝，是象征着伊朗王权、镶满珠宝的"孔雀宝座"。它是一把孔雀开屏形状的金交椅，和咱们的皇帝宝座——康熙御制五屏式黄地填漆云龙纹宝座，有得一拼。孔雀宝座上，也是镶满了钻石，据说有两万多颗。

目瞪口呆之时，翻译说，所有熠熠生辉的宝贝，在镇馆之宝"光芒之海"

面前，还是相形见绌了。来，请跟我走！

"光芒之海"落落寡合地独立陈放在地中央，可能是为了人们可以从四面八方围观它的风采。它的颜色是极清淡的浅粉。打个比方吧，好像满天飘洒坠落的樱花，被取来了一瓣，轻轻地放在白丝帕中，拧出了一小滴汁液。然后将这极微小的一滴粉色汁液，放入一大盆矿泉水中，然后放到北极，经过周天寒彻的冷冻，成为一块无瑕的冰。小心翼翼地敲下一块儿，就成了钻石。它清冷寒澈，极浅淡的樱红色，散射着柔和无比的光芒，好像一朵花在害羞地沉思。

"光芒之海"的重量是 182 克拉。它的具体尺寸是：长 15 英寸，宽 1 英寸，厚 0.375 英寸。（1 英寸等于 2.54 厘米）整个钻石呈现出令人心痛的美丽。它是世界上最大的业已琢磨的钻石之一，还有一块与之比肩的钻石，名叫"光明之山"，史称"柯伊诺尔"。"光明之山"也是稀有的艳钻，呈淡蓝灰色。重量比"光芒之海"轻一些，为 105.6 克拉。因为发现的时间比"光芒之海"早，咱就称它为哥哥吧。

这两颗赫赫有名的兄妹艳钻，原来同属于印度的莫卧尔王朝，如今天各一方。哥哥"光明之山"几经转手，现为英国王室所有。2002 年 4 月 9 日，在伦敦威斯敏斯特教堂举行的王太后葬礼上，"光明之山"被放置在王太后的棺木上，举世目睹了这一宝物。妹妹孤寂地留在伊朗的金库里，供万人瞻仰。

待我们翻过来掉过去瞧了个够，翻译微笑着问，你们可知道钻石究竟是什么东西？大家说，知道。就是金刚石嘛！翻译说，把金刚石和钻石混为一谈，这种说法不准确，钻石是金刚石精加工而成的产品，它们之间的关系，如同麦子和馒头。麦穗要经过寒暑和碾磨，还有蒸煮，才能成为食品？钻石是金刚石变化而成的，这条道路十分艰难。先说金刚石，它之所以宝贵，是因为在世界天然矿物中，它是最坚硬的晶体。测定矿物硬度最常用的标准，是德国科学家莫氏（Friedrich Mohs）定的，共分10级。金刚石就矗立在冠军的宝座上，它的硬度是10。咱们常见的铁，硬度只有4。纯铜就更软了，只有3。

因为无与伦比的坚硬，很多人想当然地以为钻石的成分一定很复杂，其实它是最简单的宝石，只有碳元素这独一味组成。说起这碳元素的底子，实在是平常之物。比如能燃烧的煤块、书写时乌黑易断的铅笔芯、还有入口即化的白砂糖，其主要成分都是碳原子啊。

大家笑起来说，知道，钻石和咱平日吃的大米饭，是未出五服的近亲。翻译说，人们常常以为复杂才有力量，神秘才不平凡。却不料身为宝石之王的钻石，单一到了不可思议。那么，为什么煤炭和馒头，并没有成就伟业？是什么使普通的碳元素，变成了光艳闪烁的珠宝呢？翻译接着强调，所有的秘密在于原子之间的连接。每一粒金刚石，都是碳原子忍受过极高的温度和极大的压力之后才形成的。如果压力不够高或是温度不够高，或者虽然有过高压、高温，但时间不够长，碳的结晶连接便杂乱无章，只能形成黑油油的石墨。告诉你们一个检验真假钻石简便易行的方法。先找来一支石墨芯的铅笔，再把钻石用水湿润，然后用铅笔轻轻地画一道。如果是真钻石，晶面上不留任何痕迹。如果是玻璃、水晶等物件，就会在表面上留下黑痕。

我们听后大不解，问这钻石也有灵性吗？认出和石墨本是同根生的兄弟，所以一见面就亲热得不分彼此吗？

翻译说，它们的化学成分是一样的，只是排列不同。就像一滴水落进了大海，水和水就大团圆了，你分得出这一滴水和那一滴水的界限吗？虽然在理论上说，只要有了一定的压力和温度，钻石可形成于地球的各个历史阶段，但目前开采出来的钻石，历史都极其古老。几乎全部形成于距今 33 亿年前或是 12 亿~17 亿年这两个时期。来自南非的钻石辈分就更大了，大约在 45 亿年前。那时地球刚刚诞生不久，钻石便已开始在地球深部结晶。

古老而单纯的金刚石一经形成，在自然界就没有任何力量能让它们磨损和消失。像"光芒之海"这种极其稀少的艳钻，身世更为不凡。它们主要是由于火山爆发才显露人间。地球深处的岩石由于火山活动，被带到地表或地球浅部，经过风吹雨打而风化、破碎，在水流冲刷下，破碎的原岩连同钻石被带到河床，甚至海岸地带沉积下来，在某一天被某人幸运地发现，从此崭露头角。

好的钻石，同时具备美丽、耐久和稀少这三大要素，集人世间最高的硬度、

极强的折射率和色散度于一体，于是理所当然地成了宝石的王者。而一颗美轮美奂的钻石，除了大自然的恩宠之外，还有无数人的汗水掺杂其中。从它的开采、分选、加工、分级、销售，到最后卖到购买者手中，涉及两百多万人的劳作。

如此说来，一枚钻戒的晶莹，每一道折射的光线，都凝聚了数不清的心血。钻石是天地和人间的合谋，所以才升华得如此美艳。沧海桑田千变万化中，唯有钻石坚定地保持原始而单纯的透明，雄视天下。面对如此的繁复和悠久，你不由得对钻石蕴藉的时间和品质肃然起敬。

走出珍宝馆，在明亮的阳光下，我们有一刻悄然无声。翻译最先打破了沉默，说，请大家互相对视一眼，看看彼此眼珠上是不是还有宝石的光斑存在？明知他是开玩笑，我们还是不由自主地互相瞄了起来，然后才算微笑着回到了人间。翻译说，我领着很多人参观过珠宝博物馆，出来之后大家都会沉默。这挺有意思，我一直没想出来这是为什么。也许是因为看完之后和没看之前，对财富的认识起了变化。

我说，你认为这是什么变化呢？翻译说，会觉得这些旷世珠宝，不应该属于任何人，只能是属于整个人类。它们曾是大自然的杰作，不应该被任何人据为己有。国王不行，其他人也不行。我频频点头，问他也问大家，那么，在所有的珠宝中，你最喜欢哪一枚？或者说是哪一"珠宝组团"呢？

面对汪洋大海般的珠宝库，我一时词穷，不知道如何称呼，自创了"珠宝组团"这词。大家纷纷作答。有人说是珠宝地球仪，让人从感官上就觉出地球珍贵乃无价之宝；有人说是孔雀开屏形状的国王座椅，威严中透出奢靡，不可一世；有人说是那堆积如山的零散宝石和珍珠，因为它们还未曾雕琢，或许能制造成最瑰丽的成品，最美的可能性蕴含其中。

翻译说，我最喜欢"光芒之海"。现在作为纪念，我送大家每人一颗"光芒之海"。我们大笑，说别逗乐了，你送不起的。"光芒之海"价值连城，或者说根本就是无价之宝。这颗钻石曾引发波斯王国和印度的血雨腥风，岂是你可以拱手相送的？再说啦，送每人一颗，你好大的口气！好像这"光芒之海"可以批发似的，谁不知道，"光芒之海"是倾城倾国的孤品啊！

翻译收敛起笑容说，每次参观后，我都会对大家说，送你一颗"光芒之海"。不错，粉红艳钻"光芒之海"，这世上只有一颗，我们没法子也不应该将它攫为己有。不过，每个人都可以藏有一颗心灵的"光芒之海"。你可以像它那样高贵而尊严，天下独霸，唯此为大。没有人能够重复你，你拥有无与伦比的价值。你可以始终如一的像它那样清澈如水，无论深陷怎样的泥沼，抹上多少血腥，依然洁身自好，单纯如一，不计人间宠辱。还要说说它的颜色，如最浅的碧桃花落入流动的溪水中，疏淡静雅，内敛安宁。真正的爱，正是以这种颜色、这种状态为最佳。不浓烈，但持久。不汹涌澎湃，但永不停息地流动。

它简单到只用一个"爱"字就可以全然概括，如钻石的组成成分，唯碳一味那般单纯。心灵的连接应该做到如此紧密，就像钻石无坚不摧，永不弯曲。最后一条，我喜欢它的名字——"光芒之海"……想想看，数不清的金色线条汇聚成海，那是多大的能量和多么持之以恒的温暖啊！

在德黑兰熙熙攘攘的大街上，我们不由自主地把手掌微微地拳了起来。每个人的手心，都握住了一颗"光芒之海"。

我喜欢
它的名字——『光芒之海』。
不浓烈，
但持久。
不汹涌澎湃，
但永不停息地流动。

北纬 66 度

北纬 66 度 33 分是地球上假设的一条线，一条非常重要的线。为什么这样说？因为这是北极圈的标志。在这个纬度之上，就进入了广袤荒凉的北极。

冰岛的国土有很大部分在北极圈以内，我们问有何特产值得一买？当地导游是入了籍的华人，咂着嘴说："冰岛的物价很贵，日用品基本上都是从欧洲运来的，除了鱼类制品和蓝湖的火山泥化妆品，别的就不必买了。如果你们一定要买点东西做纪念，就买冰岛各式各样的钥匙链吧，虽然也不便宜，但毕竟还能承受得了。"

我在冰岛看中了一样东西，叫作"高山之巅"。它像一听可口可乐，铝质小罐，密封，很轻。拿在手里，好像是空的。弹一弹，声音虚怀若谷，还真是空的。其实它千真万确就是空的，如果我们回到"空"的本意上来。原来，罐子里盛装的是冰岛高山之巅的空气。还有的罐子里装的是冰川之上的空气，想必更寒冷清冽一些吧。

计算了一下价钱，每罐空气约合人民币 70 元，不知道拉开罐盖大口吸入，能不能保持一分钟。从实用的角度来看，价值几乎是零，但按照我的喜好，会买下来。我一厢情愿地认为，人到过一些地方，由此所产生的思绪需要附着在一些物件上面，就像人的肌肉要长在骨骼的关节之上，才能伸屈自如。没有了可以伸缩的基点，记忆岂不变成了一堆肉馅？买不买呢？迟疑不决，因为我是一个怕老公的人。

早年间，还没有豪华到赴国外旅游，只在国内转悠。我买回一些当地的小玩意儿，摆在书橱里，常常拿出来观赏。时间一长，也就渐渐疏淡了。一次，突然想起在桂林买下的竹制漓江小舟和鱼鹰模型不见了，就问先生。

先生狡黠地一笑说："你还记得那东西啊？"

我说："当然记得了。坦白吧，你到底把它们弄到哪里去了？"

先生交代："春节的时候，我看它们灰尘满面，想擦一擦。不料那只黝黑的鱼鹰刚一沾抹布，就瘫成一堆泥，原来是臭焦油捏的。鱼鹰怕水，失了形状。竹制的小舟也因为烧了暖气，干燥得裂了口，只好一并丢掉。本想马上就告诉你，后来转念，倒要试试你需要多久才会想起它们，才会发觉它们其实已不在。这不，已经快到中秋节了，你才念叨它们，可见没多少感情了。屋里就这么大点空间，以后你走的地方越来越多，照这个样子买下去，咱家就成地摊了。

我哑口无言。买东西的钱是一次性支出，就算昂贵，也是有限的。但日久天长地摆放和擦拭，是持之以恒地占据和劳作。我主张简单生活，不愿麻烦他人。既然自己不能承担起打扫纪念物的责任，家又是公共空间，就只能节制和收敛了。于是决定除了万分必要，我不再购买没有实用价值的纪念品。

罐装冰岛的空气，就忍痛割爱了。

我没有买冰岛的钥匙链。我已退休，只有一把家门的钥匙，不必这样烦琐。我没有买冰岛的鱼制品，路途迢迢恐生腐臭。我也没有买冰岛蓝湖的火山泥润肤品，东方人的体质可能水土不服。

一日，气温骤降。来自北极的冷酷寒气刺入每一个毛孔，我们瑟瑟发抖，将所有的御寒服装披挂在身。有的人干脆把一双双连裤袜重复套上，腿粗如象，增强保温能力。

当我们蜷成一团尽量缩小散热体积之时，导游小伙子面色红润，手舞足蹈，毫不惧冷。我们就说，到底年轻。又说，一定是冰岛的生猛海鲜吃多了，火力壮。

导游揪着自己的衣服说："你们说的其实不是，全凭它。"

一件淡蓝色的夹克，毛茸茸的，样式不错，但也说不上多么时髦，初看和咱们的腈纶粒绒服装没有太大的差别。导游示意我可以用手摸摸。接触了实物，立即就分出高下。导游的夹克非常细软，料子柔若无骨，丝般顺滑。

我说："这叫什么东西？"

导游说："北纬 66 度。"

我说："不是问牌子，是问材料。"

导游说："这我也不大清楚，冰岛本地人称它为羊羔绒，是一种合成纤维面料，保暖性能非常好，我叫它火龙衣。你知道咱们中国的民间故事中有一种衣服，寒冬腊月天能把人热得满头大汗，就是它了。"

我疑惑地说："不是吧？故事里的火龙衣可不是一件真的衣服，是指穷苦人不停地干活，用汗水抵挡严寒。火龙衣是编出来骗地主老财的。"

导游笑道："可能出国的时间长了，我记不大清楚了。我说的火龙衣，

完全是肯定的意思，是赞它抗寒性特别好。在冰岛以外的地方，我还真没看见过这种衣服，也许别的地方没有这里冷，不需要开发这种抗寒衣料吧？你若问冰岛有什么特产，这'北纬66度'就是当地的名牌了。"

所言不虚。在所有的旅游商店里，都悬挂和摆放着各种颜色和款式的"北纬66度"，令人目不暇接。特别是那些童装，雪白粉紫、青翠碧蓝、金红鹅黄……看一路，连眼光都暖起来。柔和轻盈，似乎只能穿戴在天使身上。

我痛下决心，对导游说："我要买一件'北纬66度'。"

导游说："买吧，你回国后一定觉得物有所值。买哪件，我帮你参谋。"

我说："不好意思，我不想在旅游店里买。到冰岛人日常买东西的商店去，可以吗？"

我打了两个算盘，一是物价会比较便宜，二是我想看看当地居民购物的场所。如果你想了解一个地方的风土人情和百姓们的生活状况，商店是一定要去的。看看柴米酱醋盐的标价，比什么官方介绍都更入木三分。

导游答应了，带我们进了冰岛首都雷克雅未克最大的商场。购物条件非常好，明亮、温暖、宽敞，和北欧的其他国家差不多，唯一不同的是物价更贵。大致浏览一圈之后，我一头扎进了"北纬66度"的专柜。挑来拣去，为先生选中了一件夹克衫，藏蓝色，样式很大众化。

回到家中，我献宝似的拿出"北纬66度"，先生试穿之后，非常合适，颜色也正是他所喜爱的。闻听了价钱之后，他山河变色道："太贵了。以这个钱数，到小商品批发市场，最少可以买到十件。"

我相信他说的是实话，也不分辩，只是默默地等待着。冬天到了，北风起了。北京的三九时节，很有几天北风萧萧。我请他穿起"北纬66度"。第一天回来，先生就说："这个衣服是值这个钱的。"

我不语，以德报怨。

说起旅游购物，还有几件小事留在记忆中。

芬兰首都赫尔辛基，是个美丽的以白色为基调的城市。导游介绍道，如果两个人手拉着手，并且平伸着臂膀，在人行道上前行500米，不会被人从对面走过来打断。这说法乍一听有点费解，想想方才明白。两人并排平伸胳膊携手，体宽再加上双臂展幅占地就在3米之上，走了许久还碰不到人，说明赫尔辛基道路宽阔，行人寥寥。

赫尔辛基空气极其清新，据说可吸入颗粒物的含量是"0"。我问导游，此地有什么好东西？那是一个中国国籍的小姑娘，说，这里好东西多了，只是道路宽阔和空气新鲜，带不走。剩下的最好的东西，我看是诺基亚手机和驯鹿皮。

诺基亚手机的总部设在芬兰，我们观看过那座几乎完全是由玻璃幕墙构建的大楼，听说里面的会议室都是以城市名字命名的，你可能上午在柏林开会，下午就到伦敦相聚。我说，手机我有一部老式的海尔已足够，驯鹿皮我倒是很有兴趣。

喜欢那个喜气洋洋的老头，戴着垂肩的红软帽，裹着窝窝囊囊的红皮袍，脚蹬结结实实的长筒靴，满头银发和垂到腰际的胡子好像在比赛谁的更白更亮。最重要的是，他不辞劳苦地扛着无数个红袋子，里面塞满了送给人们的礼物。

这个老汉就是大名鼎鼎的圣诞老人。在白雪皑皑的冬夜，这个上夜班的老爷爷，拜访千家万户，送去祝福和快乐。

老人岁数大了，扛着大包袱走路太辛苦，速度也慢，会让渴求礼物的小孩子们等到很晚。天黑雪滑，他老眼昏花又没有驾照，肯定是开不成车。礼物又多又沉，没办法骑自行车，用什么代步？

圣诞老人爬上了雪橇。谁来拉雪橇啊？九只驯鹿！

我很小的时候，听到了这个故事，对圣诞老人的感情倒还一般，只知道他是个外国人。那时候，中国人对所有的外国人，除了苏联人之外，都有疏离之感。唯有对那九只拉着雪橇的驯鹿充满神往。想想吧，在漆黑的雪夜里，只有丛林间隙透过的点点星光，九只浑身布满美丽斑点的长角驯鹿，眼睛里充满安详和赶路的兴奋，宽大的蹄子在冰雪上渺无痕迹地掠过，皮毛被掠起的风吹得纷披而下，像一道褐色的闪电擦过雪原……

关于驯鹿，我们还知道些什么？

导游是个美丽的中国女留学生，名叫佳佳。佳佳以前在国内的时候，曾看过我的作品，接机的时候认出我，因此我们十分友善。她告诉我说，"驯鹿"一词源于印第安语，意思为掘地觅食的动物。驯鹿是异常勇敢的生灵，生活在北极圈附近，雌鹿体重可达150多千克，雄鹿较小，为90千克左右。雄、雌鹿都生有一对树枝状的犄角，可达1.8米，每年更换一次，旧角刚刚脱落，新的就开始生长。驯鹿中不但雄鹿有鹿角，雌鹿也长鹿角，为什么会如此？这是由客观生存条件决定的。北极气候严寒，植被稀疏。怀孕的母鹿为了抢到更多的地衣、草根、苔藓等食物，需要跟强壮的同伴们争抢，只能巾帼不让须眉地长出角来。

阿拉斯加冰原地区冬季气温可降至零下60摄氏度，为了抵御寒冷，驯鹿不仅全身覆盖皮毛，连嘴、鼻部都长有浓密的须毛。

驯鹿虽然温驯善良，却并非人工驯养出来的，由北欧拉普人管理的驯鹿是大范围圈养的。

驯鹿毛很有特点。长毛中空，充满了空气，不仅保暖，游泳时也增加了浮力。贴身的绒毛厚密而柔软，就像是穿了一身双层的皮袄。

驯鹿群每年都要进行一次长达数百千米的大迁徙，遇山翻山，逢水涉水，勇往直前，前仆后继，万死不辞。春天一到，它们便离开赖以越冬的亚北极森林和草原，沿着几百年不变的既定路线往北进发。

北极圈西部一带生活着 50 多万只驯鹿，庞大的种群里每年春季都会有数万只母鹿即将临产。地衣、草根等食物所含养分较少，数量也很有限，根本无法满足孕鹿所需的营养。为了确保自己的孩子出生在食物充足的地方，让亲爱的孩子身强体壮，在返乡的路途中能够存活，勇敢的孕鹿一刻也不敢耽搁，在白昼稍见增长的 2 月初，就最先踏上迁移的征途。

总是由雌鹿打头，雄鹿紧随其后，浩浩荡荡，长驱直入，日夜兼程，边走边吃，匀速前进，秩序井然。

驯鹿们沿途脱掉厚厚的冬装，生长出新的薄薄的长毛。绒毛掉在地上，正好成了天然的路标。年复一年，不知已经走了多少个世纪。

它们从阿拉斯加东部的苏瓦半岛出发，平原的尽头，宽阔的库珀河横亘在驯鹿的面前。这是驯鹿们需要逾越的第一道天然屏障。正常情况下，驯鹿们可以趁着结冰期过河，如果春天提早来临，河面出现大规模破冰，融冰使河水暴涨，它们只能冒险。大多数母鹿都有察觉冰层厚薄的本领，会谨慎地挑选一条安全路线。年轻母鹿缺乏过河经验，有的会掉入冰河。尽管驯鹿善于游泳，可是冰河的温度很低，游累的母鹿会爬上浮冰歇息。浮冰顺流而下，可能将疲乏的母鹿带离群体，也可能让其迷失方向，最后溺死。

　　逃过冰河之劫的母鹿们以为可以暂时喘息一下，没有留意身边还有另一个会走动的危险——它们的天敌大灰熊结束冬眠了，正需要填饱空了一冬的肚子。牺牲了几个大意的同伴之后，其余的孕鹿开始翻山越岭，进入另一阶段的征程。野狼在这里成群出没，危险无时不在。

　　天气变暖了，苔原地区进入产期的动物不只是驯鹿，南方野狼也快要当妈妈了。对于驯鹿来说，野狼捕食量大增当然不是好消息。要想到达目的地还要翻过布鲁克斯山脉，越过尤塔卡河，可是孕鹿顾不了这些，它们马上就要临盆了。

　　幼鹿出生后几个小时就会直立、行走，一天之内奔跑的速度就会超过人，在很短的时间内就会自己觅食。拥有如此迅速的生长速度，是大自然赋予幼鹿的独特本领，它们必须尽快强壮起来，跟着妈妈一起跨越尤塔卡河。

6月苔原地区进入了短暂的夏天，到处都是绿油油的青草和盛开的野花，在各种维生素和氮、磷脂的滋养下，幼鹿很快就会强壮起来。

最后一批来此的驯鹿一个月后才能享受到这些。跟先出生的幼鹿相比，落在后面的孕鹿生出的幼鹿就要弱小得多。

水面宽阔，有经验的母驯鹿知道幼鹿过河危险性很高，会挑选水流和缓的地方让幼鹿下水。相反，有些年轻的、急脾气的母鹿会带小鹿逆流而上，致使幼鹿还未上岸就已筋疲力尽。湿淋淋的幼鹿无力上岸，母鹿再焦急也帮不上忙。体力差的幼鹿就此丧生，就算侥幸上岸，绵延数里长的驯鹿群已经走远，这些幼鹿很可能落入大灰熊或者野狼的口中。

7月苔原雨水较多，地面上积存了很多水洼，滋生了大量蚊蝇。此时的驯鹿已经长出了新的鹿茸。初生的鹿茸表面十分脆弱，里面含有大量血液，是蚊蝇围攻的主要目标。每天，每只驯鹿都会为此损耗一定的鲜血。

苍蝇最喜欢将蝇蛆生在驯鹿的鼻孔中，而蝇蛆将在其鼻孔中寄生。为了驱赶身上的蚊蝇，驯鹿不得不重新爬上布鲁克斯山脉，让山风帮忙。

8月下旬，北极圈的头一阵冷风袭来。驯鹿深知这一讯号的含义：几周后大雪就会来临。雪困之前，它们必须离开，漫长的迁移之旅又开始了。

驯鹿肉是上好的食品，跟牛肉的味道差不多。皮可以用来缝制衣服、制作帐篷和皮船。骨头则可做成刀子、挂钩、标枪尖和雪橇架等，还可以雕刻成工艺品。

感谢佳佳的这番介绍，让我们对驯鹿多了一些了解，更多了敬佩。人是需要敬佩一些动物的，为它们所具备而我们业已丧失的智慧和勇气。

敬佩演变成了尽快购买驯鹿皮毛的欲望。佳佳说："咱们就到南码头吧。"

位于市中心参议院广场上的赫尔辛基大教堂及其周围淡黄色的新古典主义风格的建筑，是赫尔辛基最著名的建筑群。在大教堂附近，就是南码头。那里是停泊大型国际游轮的港口，北侧建有总统府。总统府建于1814年，原是沙皇的行宫，1917年，芬兰独立后成为总统府。总统府西侧的赫尔辛基市政厅大楼建于1830年，外观至今仍保持着原来的风貌。南码头广场上有常年开设的自由市场。虽然是露天的，却找不出丝毫的杂乱与匆忙，处处洁净而整齐。在色彩缤纷的小棚子底下，贩卖着花草、蔬果、食物、玛瑙、水晶、琥珀、芬兰刀具等，色彩纷呈。当然最多的是新鲜鱼类，鱼鳞闪着紧致而幽蓝的光，瓷白色的鱼眼炯炯有神地看着你。

找到一个出售皮毛的摊位，驯鹿皮堆满柜台。摊主是个小伙子，态度友善。我问佳佳："什么样的驯鹿皮算是好的呢？"

她说："您是打算铺沙发还是挂在墙上？"

我想这么清丽的驯鹿皮，若是垫在屁股底下，暴殄天物了，就回答："挂在墙上。"

佳佳又问："你喜欢什么颜色？"

我说："有分别吗？"

姑娘说："白色的驯鹿皮最美丽，但很稀少，价钱昂贵。比较大众化的是咖啡色有白色斑点的那种，给圣诞老人拉雪橇的驯鹿，就是咖啡色的。"

我说："那就要咖啡色。"一是因为囊中并不宽裕，想那罕见的白色驯鹿皮，可能消费不起；二是我想看到真正拉过圣诞雪橇的那种驯鹿。

驯鹿皮比常见的羊皮要大，毛也要长一些，稍显粗硬，但很有弹性。在浅褐色的底子上，有椭圆形的白色斑点，好像没有融化的大朵雪花。驯鹿皮保温性能特别好，芬兰人冬天坐在河边砸开冰洞钓鱼，屁股底下垫一张驯鹿皮，根本不会受寒得老寒腿什么的。听说驯鹿奇特地实行着双重体温，小腿以下的温度要比躯干低 10 摄氏度左右。蹄子和腿经常埋在冰雪里，降低温度就有利于体温的保持……多神奇！

我像扯旗那样撑开驯鹿皮，一张张翻看，想找到最有特色的皮毛挂在自己家中。驯鹿的花纹气象万千，绝无重复。我把预备精选的皮张放在一旁，佳佳便把它们翻转过来，审视背后的质地。我说："看后不看前，为什么？"佳佳说："挑选驯鹿皮，毛色花纹固然重要，也要注意皮子的内在质量。每只驯鹿生前的营养状况不一样，受过蚊虻叮咬或受过伤，就会在皮肤上留下小黑点，皮毛寿命就会受影响。只有那些最健壮的驯鹿皮毛，才光彩照人。"

　　感谢佳佳教诲，我淘到了一张美丽的驯鹿皮。接下来的步骤就是谈价钱了。佳佳向笑眯眯地看着我们挑皮子的芬兰小伙子询了价，每张 60 欧元。

　　大约合人民币 600 元。我小声问佳佳："能不能便宜一点呢？"佳佳吐吐小舌头说："估计不成，他们通常是不还价的。"佳佳虽然这样说了，但还是又问了一遍。小伙子很友善但是很坚决地拒绝了。

　　几位同行伙伴走了过来，看到驯鹿皮也很喜欢，就对佳佳说："我们也要买，多买几张是不是可以便宜些呢？"

　　佳佳又一番紧锣密鼓地交涉，无功而返。小伙子笑眯眯地回绝了我们批发的建议。于是，我们每人都以 60 欧元的价钱买下了驯鹿皮。佳佳说："小伙子说，他的驯鹿皮是最便宜的。"后来到了其他地方，看到售卖驯鹿皮的商店，价格在 70~90 欧元，也有卖到 100 欧元的，看来南码头的芬兰小伙子说得很实在。

说了两次在国外购物的经历，也说一件在咱们国内买东西的事吧。那天和女编辑邓邓在江南的一条古街上漫步。下着小雨，滴水的瓦檐和彤亮的灯笼，让人恍惚回到了唐朝。我把这感觉说给邓邓听，邓邓说这也太古老了。我说："那就相当于回到了清朝，反正封建社会几千年，差别不大。"我和邓邓一边说笑着，一边在古街上缓缓地踱步，看到店铺就走进去，相中了就买，相不中就飞快地出了铺子，再拐进对面的店。几番下来，邓邓说："不能像一根针似的，来回乱穿，这样很可能把一些最好的店铺闪过去了。咱们去时只看左边，回时再看右面的店，好不好？这样就一家都不会放空过了。"我说："好，好。"

　　我们检阅般地一家家店铺浏览过去，看了山货店，又看茶叶店，看了古玩店，又看首饰店……有一种店，我和邓邓都不看，这就是砚台店。倒不是我们不喜欢，只是从街面就可以觑到那砚台价签上令人眼晕的零，价格成千上万。自忖没有那个经济实力，看也白看，自觉地绕着走。

　　该看的都看了，手中也渐渐大包小包地沉重起来。往回走的时候，同类的店就没有心思细看了。

　　邓邓说："咱们也进砚台店看看吧。"

　　我说："看了也买不起，人家老板会烦的。"

邓邓说："咱们脸上又没有写着字，老板怎能知道咱们到底买还是不买。此地是中国名砚的产地，砚台店就好似博物馆，咱们不妨欣赏一下。"

邓邓人长得漂亮，衣着也考究，举手投足间有一股书卷气，看起来像是个买得起砚台的人。进得门，有个小伙计模样的人走过来，说："小姐要买砚台啊？"

邓邓说："先看看。你们的好砚台都在哪里啊？"

我在一旁暗笑，心想如果是个行家，还要问伙计什么是好砚台吗？

邓邓不笑，一本正经地看着小伙计，等着下文。雨渐渐大了，天色也晚了，进店来的客人不多。小伙计看邓邓仪态万方的样子，也乐得做介绍。他先从砚台的石头产地说起，再说到这里出的砚台源远流长，曾送给过多少国家作为礼物……

我和邓邓似懂非懂，小伙计大方地批准我们可以摸摸名砚。战战兢兢地用手触了石面，果然如同婴孩的肌肤一样滑腻温凉。再看四周星罗棋布的砚台，不知将目光聚焦在哪一方上最好。几块硕大无朋的砚台，几乎有伞盖大小，不知要研磨多久，才能让清水变黑。

在店里徘徊了约半小时，受益匪浅。感谢诲人不倦的小伙子，让我们迅速从砚盲变得稍通常识。

邓邓倒背着手，巡视了一番后，对小伙计说："把你们最好的砚台拿出来让我们看看。"

小伙计一时语塞，说："好砚台都在这里了，您不是都看到了吗？"

邓邓说："就这些啊？总还有些更好的吧？比如镇店之宝什么的，拿出来吧！"

小伙计非常为难地说："能让你看的，你们都看到了。"

我悄悄扯扯邓邓，说："你这语气有点像女皇，逼着人家把最好的东西贡出来。你买得起吗？"

邓邓在暗影里悄声说："买肯定是买不起，但买不起就不能看看吗？"

我们俩正说着悄悄话，一老者不知从何方突现，朗声说："谁想看我的镇店之宝啊？"

老者一身青布裤褂，盘扣直锁到颌下，在夏天的夜晚，显得很严谨。墨汁一样清亮的双眸，打量着我们。

邓邓说："您是老板吧？"

老者说："我是。请问你们是什么人？"

邓邓说："我们也是舞文弄墨的人。不过，我们舞的文字出自电脑，用的墨是喷墨打出来的，和传统有些隔阂了，今天到贵店补补课。"

老板笑着说："我已经听了一会儿你们的谈话，看你们不像是当官、做生意的人，就让你们看看我的宝贝吧！"说完示意小伙计从隐秘处端出一个蓝印花布包裹。他郑重地一层层打开蓝印花布，闹得我们也紧张起来，屏着气，好像那里面睡着一个活物。

打开最后一层蓝印花布，露出一个雪亮的盒子。说它是雪亮的，是因为在第一时间我们都被盒子本身反射的光芒耀花了眼，一时分辨不出它的具体色泽。待眼睛慢慢习惯了这种光芒，才看出那盒子是木质的，漆着赭色的漆。

打开木匣，一方漆黑的砚台露出来，黑得好像藏北的夜。砚台上有一片狭长的金晕，像被艺术家勾勒成了奋笔疾书的王羲之。砚身上密集的金星，像被艺术家勾勒成了《兰亭序》的全文，还有曲水流觞的荡漾波纹……

这真是一方奇砚，把石材的天然肌理和悠长的历史天衣无缝地凿在了一起，让人惊讶得说不出话来。

老者说：“金晕金星，其实就是硫化物的颗粒，它们入到墨里，墨就含了硫，用这种墨汁书写的字迹、画下的山水，千年不蛀。”

我想：“如今多少文字稍纵即逝，谁还曾想过流传千年？”

老者说：“这方砚台，集中了四位艺术家的毕生智慧。”

我们问：“哪四位呢？”

老者说：“先要有一位设计家，他面对着一块石材昼夜苦思冥想，石头都是有形状的，石头都是有色彩的，一定有一个最佳的设计藏在这方不言不语的石材之中，设计家的任务就是把它找出来。一旦找出来了，你就觉得事情太简单了，它原本就存在那里，只是在等待。好的设计有了，然后要有一位好的雕刻家。他要把设计变成立体的图案，这个过程要千百倍的小心，因为不能出差错。刀偏了，石材就毁了，雕刻大师噤若寒蝉，如履薄冰。好马还要配好鞍，好砚要有一个好匣子。买椟还珠固然是不对的，但也说明那个盒子实在巧夺天工。木匠要找到最好的红木，然后用最古老的工艺将它打磨成砚台的衣裳。这一步完成之后，还要请漆匠来油。这个匣子用的是传统的大漆，漆艺是从商代流传下来的。大漆来自漆树的汁液，也叫中国漆或是金漆。我们用的这种漆，一棵漆树一年只能产一两。大漆很难干，而且要漆很多层，大师就慢慢地漆慢慢地等，干了一层再漆一层，一共 40 多层……”

我们静静地听着，找不到话来回应。老者讲完了制作工艺，说："摸摸这个匣子的底下吧。"

我们遵嘱用手指肚摩挲了一下木匣的腹部。那是一个很小的间隙，如果不掉转砚盒，根本看不到。

老者说："怎么样？"

我们用食指和拇指打榫子般地拧动了好几下，一片茫然，不解地说："好像没有什么不同。"

老者说："这就对了，就是没有任何不同。在人看得到和看不到的地方，做工雕刻和油漆的精细都是一样的，这才是中国匠人的传统。"

夜色深沉起来，雨也更大了。时候不早，我们打扰了许久，也该告辞了。邓邓说："我问您最后一个问题。"

老者说："请讲。"

邓邓说："磨墨是很慢的，现在生活节奏这么快，也有了现成的'一得阁'墨汁这样的代用品，谁还会用砚台研墨呢？砚台会不会走向凋亡？"

眉清目秀的邓邓微笑着提了个充满火药味的问题。老者稍顿了一顿，说："你说得不错，作为一种书写工具，用砚台研墨的人是越来越少了，但是作为一种文化传承，它是不会凋亡的。你刚才说研墨很慢，我觉得好就好在这个'慢'字上面。要那么快干什么？慢慢地磨墨、慢慢地想、慢慢地酝酿情绪、慢慢地琢磨还有什么更好的表现方式，一圈圈地磨着墨，思绪也就慢慢地分泌出来深入下去，看着清水渐渐地变得像糯米粥一样稠厚，火候就快到了。磨墨本身就是艺术创造的热身……"

还想听老人讲下去，然而，终究是要告辞了。

临出门的时候，我问老者："您说如果我们是当官或者是做生意的人，就不让我们看您的镇店之宝，能告知为什么吗？"

老者微笑道："如果是个当官的人，看到了这么好的砚台，就会想买了送给上面的人。虽然我的钱不会少挣，可就委屈了这方砚台。如果是做生意的人附庸风雅，也让这方砚台沾染了世俗之气。知道你们买不起，所以才让你们看了。"

我们就这样离开了砚台店。

看到这里，你也许会说，不是要讲在国内购物的事情吗？闹了半天，并没有买砚台啊！

是的，这是一次没有购物的行程。我以前的经验是买下一样东西，看到那样东西的时候，就会睹物思人，这一次，却是没有买到东西，也会思人。

要那么快干什么？

慢慢地磨墨，

慢慢地想，

慢慢地酝酿情绪，

慢慢地琢磨还有什么更好的表现方式，

一圈圈地磨着墨，

思绪也就慢慢地分泌出来深入下去，

看着清水渐渐地

变得像糯米粥一样稠厚，

火候就快到了。

海盗的诗

关于冰岛，所知是那样稀薄。

去之前了解就很少，仅有的印象是来自一本有关北欧旅游的书籍。和丹麦、瑞典、挪威、芬兰比起来，冰岛所占的篇幅最少。冰岛人自嘲地说，北欧是五国，但人们常常脱口而出"北欧四国"，连近邻都把冰岛疏忘了。

飞机在冰岛机场降落时，我们还穿着从丹麦哥本哈根起飞时的短裤长裙。机翼下工作人员鲜艳的羽绒服，毫不留情地昭示着此地的寒冷。一下飞机，我们忙不迭地在候机厅里把所有的衣服都套在了身上。

其实冰岛给我们的见面礼并不准确，那只是因为来自北极的寒风突然掠过。

"冰岛"这个名字让人很容易产生错觉，好像是万古不化的永冻之地。实际上，冰岛是一片冰与火的交汇地带，有丰富的地热，是火山在冰川下爆发的岛国。冰岛的地形很特殊，在这个 10.3 万平方千米的岛上，有 200 多座火山，其中 30 多座（"40 多座"更为准确）为活火山。全岛四分之三为海拔 400 米以上的高原，八分之一为冰川，除此之外，岛上还有大量热泉、间歇泉、冰帽、苔原、冰原、雪峰、火山岩荒漠、瀑布及火山口，是世界上独一无二的地域环境。放眼看去，土地被狰狞的火山熔岩覆盖，仿佛到了月亮背面。

在冰岛的日子始终处在惊奇和快乐之中。回家之后，到一家著名的图书大厦，央求小姐帮我查找关于冰岛的图书（店内的图书查询系统外人不可独自操作）。

电脑运行一番之后，售书小姐告诉我，有关冰岛的书籍只有小说集《冰岛渔夫》，还有一些有关冰岛建筑的图片，收在北欧建筑的合集中，此外就是我已经买过的观光手册。关闭查询系统时，小姐很好心地补充了一句："《冰岛渔夫》只剩下两本了，你赶快买吧。"

我当即把一位"冰岛渔夫"请回了家，当晚一口气看完。书是好书，关于海洋的描写堪称一绝，只可惜这书既不是冰岛人写的，写的也不是冰岛人。所谓的"冰岛渔夫"，指的不过是在靠近北极海面打鱼的法国人。

在相当长的一段时间内，我见面就问别人有没有关于冰岛的文学作品。

我固执地以为，要想真正熟悉一个民族和地域，要去读本土的人写的小说和诗。比如，想要了解18—19世纪的俄国和法国，你是看一些当时国民生产总值的数字，还是读托尔斯泰和巴尔扎克呢？想必除了专门的研究家和学者，都会选择后者。

我不是专家，只能走俗人这条路。

百般失望之后，终于有一个朋友告诉我，她的朋友有一本繁体字版的冰岛诗集，据说这是冰岛古诗唯一的中文译本。我欣喜若狂地借来，指天画地答应一定完璧归赵，又是一口气读完。也许真正的诗人会笑我这种不求甚解的方法，但我饥不择食，先睹为快。

为什么对冰岛的文字这般感兴趣？因为冰岛是海盗们开辟的疆土。他们大多喜好冒险，勇猛顽强，冲动起来不计后果。

那么，这些海盗究竟写下了怎样的诗歌？想象中，是横刀跃马、劈风斩浪的虎啸龙吟。

北欧的古代文学经典，据说是汗牛充栋。为什么用了"据说"这个词，好像很不肯定似的？不是怀疑北欧有没有那么多的经典，而是我们看到的实在太少，译成中文的更是寥若晨星。

为什么北欧古代的文学经典译成汉语的那样少呢？大概因为那些文章都是用非常艰涩难懂的古冰岛文字写成的。

现代冰岛文字实系北欧挪威、瑞典、丹麦的古文，也近似于许多西欧国家的古代文字，如古德文、古英文、古荷兰文，等等。一千多年以来，北欧和西欧许多国家的语言和文字都发生了翻天覆地的变化，但冰岛文就像苍老的恐龙，仍在火山岩堆积的大地上穿行。

我手中这部著名的诗集，冰岛文的译名是《高者之言》。高者是谁呢？是北欧神话中的主神奥丁，相当于希腊神话中的宙斯或是罗马神话中的朱庇特，也约略相当于咱们神话中的玉皇大帝。诗集的中译名叫作《海寇诗经》。

海寇就是海盗。

什么是海盗呢？一提到"盗"，我们就会非常鄙夷，但在古希腊那个遥远的年代，欧洲人通常把下海寻求生计的男子称为"海盗"，并把当海盗同从事游牧、农作、捕鱼、狩猎并列为五种基本谋生手段。"海盗"一词在当时并无什么贬义，海盗活动也不被认为可耻，《荷马史诗》中对此有十分明确的记载。

《海寇诗经》形成于公元 700—900 年，相当于我们的唐朝，是当年北欧海盗在漫长而艰险的大海航行中奉为座右铭的精神食粮。在漫漫无际的大海上，正是这些箴言教导给海盗们带来了勇气和智慧，鼓舞着他们冲破重重险阻、层层骇浪，去寻求一个又一个新大陆。

这些诗于是被称为"冰诗"，反映了海盗们的人生观和宇宙观。好了，说了这么多题外话，还是直接录下难得的"冰诗"吧：

浅薄受人讥，

智慧得人敬。

居家万事易，

出门知重轻。

相处世人中，

多智多光明。

这首诗的名字叫作《见世面》。看来，当年的海盗们是把见世面当成人生的必修课了。

嘉宾若进门，

排座不可轻。

位置偏而远，

不乐怀闷情。

上座促膝谈，

主雅客来勤。

这首诗的名字叫作《如何待客》。本以为海盗们是不懂礼貌的窃匪，不曾想还是如此注重礼节的雅盗。或者说也许海盗们在实践中执行起来会走样，但起码在教育中还是一丝不苟的。

再如：

求知诗

知识是海洋，
宴席亦课堂。
用耳细听取，
用眼学榜样。
君子慎言语，
聆教乃有方。
智者天下行，
钱财存脑中。
愚者行囊重，
困时无所用。
穷汉有头脑，
力量胜富翁。

看来，海盗们还是非常尊重知识并且热爱学习的。想来也是，做一个优异的海盗不是一件容易的事情。在许多国家，把"维京人"当作"海盗"的代名词。一千多年前，维京人驾驶着他们的龙头船，手持矛、剑、战斧等各种武器，以山呼海啸般的猛烈攻势，从英格兰到苏格兰、爱尔兰、比利时、荷兰、意大利、西班牙、葡萄牙、法国、俄罗斯，直至君士坦丁堡的广大地域。维京人体格高大英俊，通常满面虬髯，胆识过人。他们常年漂流在海上，波涛汹涌，气候恶劣，险象环生，如果他们没有广博的关于天文、地理、气候、人文等方面的知识，大海就成了他们最天然的坟场。所以，在贪财、勇猛、喜欢冒险的天性之外，在他们的血液里非常强烈的征服嗜好之中，也一定注入了对科学知识滚烫的渴求。

很喜欢这样一首诗：

独立

人生幸福事，
受人宠与赞。
人生不幸事，
处处得依赖。
为人不独立，
沦为小奴才。

有一首诗名叫《不良之举》：

赴宴总唠叨，

话多头脑贫。

瞪眼呈傻态，

说话语不清。

酒盈蠢相露，

枉做文明人。

以不良之举作为原材料入诗比较少见，北欧海盗大大方方地咏叹起来，透露出他们原本就是不拘常态自成体系的人。特别是被翻译成了咱们的五言绝句式样，看着有趣。

有一首诗，名为《永恒的友谊》，录在这里，和大家共享：

宝剑酬壮士，

霓裳赠佳人。

华服显友谊，

乡里美言频。

礼尚来而往，

至情万年春。

有一首诗，名字叫《知道命运》：

天才多早夭，
聪明适中好。
命运顺自然，
强求是徒劳。
内心明事理，
安然到老耄。

有一首诗实在聪慧，叫作《三人知，全民知》：

巧妙应答问，
人视为聪明。
秘密若分享，
最多只一人。
泄露三人知，
绝密传全民。

此诗高明之处就在于——当我们强调保密的时候，一般是主张"一个都不告诉"。这在理论上当然对于保守秘密是最上策的了，但可惜的是极少有人能做得到。秘密在适宜的温度下，有时会像发酵的面团，如果找不到一个适当的出口，它们会把盛面的盆子掀翻，面粉撒了一地。秘密的力量之大，超乎我们的想象。所以，尽管有那么多的指天盟誓，还是差不多有同样数目的泄露和背叛。寻找一个情感的出口，告知一个朋友，就不会把享有重大秘密的人憋炸了，这是很有策略的方法。

人各有所长

瘸子善骑马，
独臂能牧羊。
聋子勇于战，
眼盲有思想。
身死悲无用，
残者却无妨。

名誉

人死万事空，
唯名传四方。
万灵谁无死，
长生求无望。
存世流美誉，
不朽万年长。

好了，原谅我暂且引用到这里。也许朋友们会发问，这些古冰诗为什么大多是五言六句啊？有没有其他的格式呢？据翻译者王超先生在冰岛首都雷克雅未克所写，《海寇诗经》的韵律是按照北欧古代诗歌的韵律所写成的。每节诗由六行组成，前两行诗以押头韵的方式连在一起。

那什么叫押头韵呢？就是指后一行诗重复前一行诗中的重音节的元音或辅音。若大声朗读起来，诗句余音袅袅，就像有回音似的。译者特别指出，北欧古诗的韵律，若能大声朗诵，就能更好地体会到它的奥妙，清脆悦耳。因为押了头韵之后，回音的效果跌宕起伏，极富节奏感。押了头韵之后，重音节和非押韵的重音节形成了抑扬顿挫的效果。

可惜我们不懂古冰岛的原文，也未曾有幸听到人这样吟诵《海寇诗经》，只能在这里以文字来揣摩海寇们的智慧和风采了。

最后，让我以一首海盗们吟咏智慧的诗来作为本文的结束：

论智慧

以火点他火，
两柴共燃烧。
以智启人智，
相磋出高招。

故步知识浅,

谦虚心智昭。

　　想不到吧?海盗们的诗竟然是这般温文
尔雅、笑容可掬,既不像英雄史诗,也不像
神话传奇,而是充满了谆谆教诲,甚至有些
像处世格言。也许,由于他们攻城略地,在
行动上自有取之不尽的彪悍与残酷,轮到诉
诸文字流传千古的时候,反倒是波澜不惊的
从容和安宁了。这在心理学上叫作"补偿"。
温和的民族诗歌中多愤懑和幽怨,真正的勇
士们反倒全力彰显柔和。

　　不同国度和时空的智慧共同燃烧,这就
是旅游和阅读的快意了。旅游使我们虚心,
阅读使我们安静。行路和读书的美丽可杂糅
于一处,即使是在地老天荒的冰岛,即使是
在海盗们的诗行中。

行路和读书的美丽

可杂糅于一处，

即使是在

地老天荒的冰岛，

即使是在

海盗们的诗行中。

玛瑙人

中国人对宝石，有一种与生俱来的向往与神秘感。在我们的正史、野史、诗词、传说中，它像一块巨大的黑丝绒，其上缀着无数星光闪烁的宝石：和氏璧、隋侯珠、杜十娘的百宝箱、水晶宫的白玉床……最珍奇的是那块来无影去无踪的通灵宝玉——假如没有它，中国文学史上最伟大的著作将无处落笔。

俗话说，玉不琢不成器。这话说得太滥，我们已经习惯于径直地去理解它的引申义，反倒忽略了它本身所描述的过程。琢玉是很残酷的——在一块成功的饰物之后，壅着一堆碎屑。在许多年代里，它们只是彩色的垃圾。

3月的桂林，烟雨如画。在参观了广西宝石研究所璀璨的宝石之后，主人热情相邀："再去看看我们的宝石画吧！"

知道漆画、铁画、羽毛画、麦秸画，竟不知道天下还有宝石画！

很小的一间房屋，普通的两张台案。见不到什么绘画器具，只有几十只素白的碗碟摆在桌上，盛得鼓尖，好像好客的乡下人摆下的丰盛宴席。

碟子里的菜可不能吃哟！每只碗里，盛一种宝石的碎屑，翡翠、密玉、红蓝宝石、紫晶、碧玺、蔷薇石……粗粝的如同火柴头大小，细腻的就是彩色的富强粉了。

因为那份毫不混淆的纯粹、那份无可挑剔的晶莹，宝石的粉末成了一种绵里藏针的绮丽之物。

凝固鸽血一般的红、南极洲冰下海水一般的蓝、大漠一般焦灼的黄、原始森林初生嫩叶的绿、若有若无的轻粉、袅袅婷婷的弱紫……目光在五颜六色中沐浴，我疑心自己的眸子要被染成彩虹。

所有的语言都显出一种笨拙，所有的比喻都像窄小的床单，覆盖不了宝石给我们的感觉。词汇被宝石吓住了。我们已习惯说，雨后的天空蓝得像一块宝石，待我们看到真正的蓝宝石时，再湛蓝的晴空也无法达到那种晶莹。在真正的宝石面前，只能悄然不语，凭借心中久久的惊讶，记住它的神秘。

几乎是世界上最小的加工厂了，只有两名艺人，都是年轻的女子，在默默地作画，仿佛怕惊动玉石的精灵。

宝石画其实是以宝石粉末颗粒为笔锋，以石为墨，将天然色泽和花纹各异的宝石碎屑粘贴镶嵌在麻布或瓷盘上，形成一幅幅独特而诡谲的画面。

最初的构图是用透明的胶水勾勒而出的。一位艺人拿着牙膏似的胶管在画布上蜿蜒，有轻微的醇味在空气中游蛇似的窜动。胶似干未干之时，她纤巧的手指捻一撮极渺细的蓝宝石粉末，像抚摸婴儿面颊似的在布的上空一抹，一条波光粼粼的漓江便晃动起来。

另一位艺人在点染黛玉。腮上涂了胶，像是终日洗面的泪痕。芙蓉石粉撒上去，这娇美聪慧的女儿便有了永不消退的红颜。

椰子树婆娑摇曳的叶片，是用翡翠镶嵌而成，春夏秋冬长绿；史湘云的石榴裙，是用真正的石榴石拼接连缀，日晒水洗不旧不残。

画出漓江的女艺人，像烹调大师一样忙碌着，从碗碟中拈出原料。灰蓝色的贵翠铺出一片宁静的土地，阿富汗的青金石叠出桂林骄傲的象鼻山……最后用棕黄色的虎睛石粘出一叶小舟……

"您说，这象鼻山上是不是还该有点什么？"

女艺人问。她并不回头看我，只是看画，一会儿凑下身去端详，一会儿又端起画布，像火车铁轨似的伸直双臂，脖子尽量往后仰，拉开距离打量……

"空荡荡的山，终是有点冷清……"我思忖着说。

她点点头，捏起一把女人修眉毛的小镊子，像挑食的孩子，在碟子里急促翻拣起来。好容易挑中一粒宝石，往画布上一比量，"啪"地丢回碗中，发出清脆声响，仿佛两粒子弹相撞。

终于，女艺人夹起一粒粟米大的黑玛瑙，把它精细地黏结在象鼻山的山洞里，又挑选了一粒更小巧的红宝石，挤在一旁。

噢，好一对亲热的情侣！这一幅宝石画，因有了这一双依偎的彩粒，漾起了浓浓的春意。

女艺人们作画是没有底稿的，全凭目光在宝石堆里搜寻，看到个什么，想到个什么，就画出个什么。由于天然宝石原料的可遇而不可求，每一幅创作都是孤本。

"你们总共画了多少幅？"

"上千幅了。"她俩说。

"那怎么周围一幅成品都不见？"我巡视一圈，除了一台远红外取暖器，别无他物。

"都叫人买走了啊！粘好一幅，拿走一幅，有时站在一边催，催得你心慌……有一次，我俩一起画了幅大型花卉，好富丽呀！因为太贵，暂且没人买，我俩好喜欢，天天看，都不敢相信是自己粘起来的……可惜呀，还没喜欢够，只看了七天，就被外国人买走了……该买个照相机把它照下来……"两人抢着说。

她们俩的美术都是自学的，然而天分极高，作品销往港台地区，很受欢迎。我同她们聊着天，很融洽。

"我的一个纸包，你看到没有？"画黛玉的女子对画漓江的女子说。

"没有啊！别着急，我帮你慢慢找。"

两个女子便在碗碗碟碟中翻拣，似乎把我忘了。

"我那日在玛瑙碗里发现一块黑色的，像极了一个女人的胸，我就把它留出来。过了些日子，又看到一块羽毛条纹的白玛瑙，像一条裙子，就是跳芭蕾舞短而泡起的那种……后来又寻了淡红玛瑙的胳膊和腿……我把它们都藏在一个纸包里，很小心地收起，怎么会没有了呢？"画黛玉的女子把白碟子敲得仿佛要碎掉。

粘漓江的女子不作声，细细寻觅，轻声说："找到啦！你怎么就不看看眼底下！"

"我们画个玛瑙人送给你！"两人说。

我深深感谢这份温馨的情意，只是定睛看去，心中又暗暗失望：这哪里是美丽的玛瑙人啊？只是一堆零碎的半透明小石片！

这就像是哪吒的莲花身，看看每一截儿都不像，合起来就是那个人了。画黛玉的女子在一张白纸上随笔勾了个图，果然是翩翩欲飞的舞蹈形象。

"我给你胶，你回去照这个样子一粘就画出来了。"她说。

"我可是个笨手笨脚的人……"我没把握地说，心中半信半疑，"这把碎屑真能变成那般婀娜吗？"

"我帮你粘起来吧。"画漓江的女子说。

她找来一块白布，敷在一块纸板上，一个简单的画框便出来了。她灵巧地抹着胶，把碎玛瑙按在上面……她的指尖仿佛有魔力，那个舞女轻盈地飘落在画布上：起伏的胸、雪白的裙、挺拔的腿、高昂的头……尤其是她的双臂，像展开的翅膀，仿佛在向苍天祈求着某种祝福……

"好吗？"她俩歪着头问我。

"好，极好。"我由衷地说，惊讶于这两个山野中的姑娘对于石头的想象力。

"好像……单薄了些，她张着两只手，像在求什么，求什么呢？什么……"画黛玉的女了自言自语。

她俩便一齐静默了，你望着我，我望着你，彼此的瞳孔里却都没有对方的影像，一片空茫。

我不敢插言，怕打破了她们的想象。

"让她祈求月亮吧。"画漓江的女子怯怯地说，好像怕惊飞一只鸟。

"好！就找一颗紫月亮！"画黛玉的女子叫着，把盛满紫牙乌宝石的碟子搅得翻江倒海。

"紫月亮？"我轻轻地讶异！

"对！紫月亮！在最晴朗的夜晚，你久久地盯着月亮看，直到眼睛酸了都不要眨，就会看到月亮透出紫色……"画漓江的女子说。

她俩配合得真默契。我想，是宝石给了她们相通的灵犀。

"那么是初月、残月，还是满月呢？"画黛玉的女子问。

"满月！是满月！"我们三个几乎一块儿喊出。无论从画面的构图重心，还是从玛瑙人企盼的虔诚，那里都只能悬挂一轮满月。

我们像秋风扫落叶一般寻觅每一个角落，把宝石的盆盆碗碗翻得一片狼藉。我们终于找到了两个备选月亮，一个是滴溜溜圆的紫牙乌，规整的形状仿佛用圆规画过，圆得不可思议；一个是锆石的，好像浸在水中，略椭了一些，然而极其晶莹透亮。

紫色的月亮啊，哪一轮更圆？哪一轮更亮？

她俩费了斟酌，反复商量，几乎吵了起来，又征求我的看法。我说了，她们却又不听。

最后，终于照画黛玉的女子的意见办了：在玛瑙人的上方，粘了一轮皓月——用真正的锆石所剪裁的月亮。

"月亮可以不圆，但月亮必须要亮。"她说。

"谢谢你们！"我发自肺腑地说，"回到北京以后，我一定把玛瑙人挂在桌前。祝你们画出更多更好的宝石画。"

"我们一定要画得更好，只是，不可能画得更多。"她们说着，打开远红外取暖器，烤自己颀长而冰冷的手指。桂林的 3 月，阴雨连绵，空气中有一种潜移默化的寒意。

"为什么呢？"我不解。

"因为宝石是很稀少的。选料要很严格，颜色、质地、花纹都是天然的，要把它们搭配在一起，显出一种美，是马虎不得的……"她俩对我说。

手指烤热了，她们又在冰冷的宝石粉屑中翻拣……

此刻，玛瑙人正立在我的案头，仿佛在向皎洁的月亮祈求什么……每当我写作困顿的时候、慵懒的时候、敷衍的时候、畏葸的时候，我就想起两个创造它的普通女工。

我便振作起来，不敢懈怠。

月亮可以不圆，

但月亮必须要亮。

山妖的阶梯

　　快到挪威边界了，导游莉雅说，可以买一些山妖带回国。我说山妖是什么？莉雅说，你马上就能见到了。进得店中，只见无数个怪模怪样的玩具龇牙咧嘴地瞅着你，好似一头扎进了外国的花果山。

　　莉雅说，北欧人喜爱的神话人物"Troll"，俗名就叫山妖。山妖的长相实在不敢恭维，披头散发，青面獠牙，个子都很矮，红蒜头鼻，尖耳朵，大肚皮，牙齿参差不齐，手指和脚趾都只有八个。有的两个头，有的三个头，头上长着青苔和树木，甚至还会长出一些小山妖。有的干脆只有一只眼睛。全身披满破烂的长毛，还长着像牛一样的尾巴。最惊人的是比大象还长的鼻子，据说是熬粥时用来当勺子用的。

我对莉雅说："山妖这么难看，一定也很凶恶。"莉雅说："不。山妖虽丑陋，但心地很善良，天性活泼，常受到小孩愚弄，智商好像不太高。有时也会搞出些恶作剧，谁要是得罪了山妖，他就会报复或戏弄你。如果和山妖和睦相处，就会得到善报。"

山妖也有软肋，就是只能昼伏夜出，见不得太阳。他们如果贪玩，忘了在天亮前躲起来，就会被阳光化为空气或山石。山妖精于手艺，能制作各种武器和家庭用品，并在上面刻符咒，人们若错用他们的家什，就会遭殃。

说了这么半天，你是否能想象出山妖的模样？如果还感觉困难，我就给你打个比方（这个比方没有向专家求证过，如果错了，责任自负）。我觉得白雪公主故事中的七个小矮人，就是山妖一族。你看，他们居住在密林中，有自己专用的锅碗瓢勺和小床，不喜欢外人闯入和打扰，心地善良，乐于助人。这些岂不都暗合了山妖的秉性？

据说山妖是挪威最早的原住民。他们有家庭，分部落，甚至还有自己的国王。森林小湖的山妖叫"纳啃"，居住在瀑布和磨坊中的山妖多才多艺，擅长拉小提琴，名叫"弗色格里门"（"丑陋的瀑布人"）。这个山妖还是个教授，听说一个挪威小提琴家曾拜师其门下。一般的山妖身材矮小，但在北方的海里，有一种叫"德捞根"的庞大山妖，十分恐怖。山妖安贫乐道，像柴堆、菜园、仓库、马厩和牛棚，都是他们安居乐业的地方。

在哈丁格高原，我们的汽车穿行于白雪皑皑的山峰，地面上蹲踞着乱石，听说都是山妖的化身。山路旁，错错落落地插了些粉红色的小球，这是当地百姓供给山妖的玩具。

传说山妖很喜欢喝粥，长鼻子可当搅拌器用。我和山妖有同感，是喝粥爱好者，只不过对以鼻当勺略有微词。如果伤风感冒了，涕泪交加，恐不相宜。我把这顾虑同莉雅讲了，莉雅说："估计山妖是半人半神之体，并不罹患寻常的病痛。"

山妖也有很多法力，可以化成美女，如同《聊斋志异》中的狐狸精，引诱年轻的男子进山。不过，识别他们，也有法宝。山妖是有破绽的，如果你去北欧旅游，在人烟稀少的地方碰到曼妙的姑娘，一定要留意她身后是否有毛茸茸的尾巴。进山的女子也不可大意，有些雄山妖也会劫持漂亮的姑娘进山洞，从此音讯渺茫。

挪威戏剧大师易卜生的名作《培尔·金特》里，便有主人公遭山妖戏弄的场景——培尔无意间闯入山妖的洞窟，因拒绝与妖女成婚，遭众妖凌辱与折磨，差点丧命，幸而传来黎明的钟声，妖魔才星散而去。

山妖也分成三六九等。他们生性慵懒，但循规蹈矩；他们反应木讷，但天真善良；他们离群索居，偏又呼朋唤友；他们远离人，又和人有着千丝万缕的联系……因为山妖是名副其实的草根阶层，所以才受到百姓的广泛喜爱。

据专家考证，挪威利勒哈默尔市区北边的自然公园，是山妖的家乡，而在举世闻名的盖伦格峡湾，还有令人毛骨悚然的"山妖的阶梯"。

我很喜欢"山妖的阶梯"这个名字，缠着莉雅问可否绕道一看？莉雅说那就是极险的悬崖公路，位于鲁姆斯达尔山谷，一弯又一弯，近乎垂直地从山顶盘旋而下。十二道山弯像是一条极细的铂金链"挂"在山间。因正在维修，我们无法抵达。看我失望，她说，今天的山路其状之险，也相当于"山妖的阶梯"了。

莉雅所言不虚。山路狭窄，雪峰林立，以我曾在西藏阿里攀山越岭的经验，也不得不惊叹这行程的陡峻。跋涉数小时后登到顶峰，俯瞰峡湾景致。挪威峡湾是被联合国教科文组织列为世界游览者评价第一的旅游之地。清冽似冰的山风把衣衫吹得鼓胀如帆，刀削斧劈的孤悬绝壁之下，一泓碧蓝的海水，宛若仙境，美到令人眩晕。你会仰天长叹，相信此处绝非常人的居所，只能是山妖出没的属地。

生当做瀑布

　　"峡湾"是个词，是个专有名词。这名词在词典里的解释是——对不起，没有。我查的是《现代汉语词典》，手头最方便处摆放的就是这部词典，通常都不会让我失望。但这一次，例外。

　　只得分开来查。关于"峡"，它说是"两山夹水的地方（多用于地名）"。然后再来查"湾"，说是"水流弯曲的地方"。

　　现在，你把这两个字拼在一起，"峡湾"的意思就是：两山夹水的弯曲的地方。

　　现在，你明白"峡湾"的意思了吗？

我估计你还是不明白。因为两山夹水可以是长江三峡，但峡湾不是三峡。夹水的弯曲的地方，可以是漓江，但峡湾不是漓江。

峡湾究竟是什么东西呢？或者更准确地说，它不是一个什么东西，而是一个什么地貌呢？

用一句通俗的话来讲，峡湾就是海水构成的山谷。

中国的地势是左高右低，按照上北下南左西右东的标识，中国的西部高东部低，靠近大海的地势，是平坦而中庸的。这样，我们中国人就以自己的亲身体验，认为海岸线是平原和大海的渐次衔接，是一个和平过渡的交班。但这有点一孔之见，在地球的其他地方，并不都是这样。

挪威的峡湾被幽深碧蓝的海水充溢着，但源头并不是海水，而是高山上的冰川。由于气候变换，冰川时代结束，大地回暖。昔日不可一世的冰川开始融化，向大海缓缓滑去，这个过程看似缓慢柔润，实则蕴含着强大而持久的力量，犹如锋刀的切割。冰川美人把潺潺溪流当作微型利剑，日复一日潜移默化地将高山雄健的肌体划得遍体鳞伤。终于，高山成壑，大地分裂。成功地复仇之后，冰川之水义无反顾地向大海奔去，山麓荷满支离破碎的皱纹，在那里仰天叹息。海水不失时机地乘虚而入，它其实是爱戴和敬仰高山的，用深邃咸涩的泪水把峡谷填平。

这就是峡湾了。刚开始以为，峡湾不如叫作陆海壑，这样比较清晰一点。但是，会不会有人以为陆海壑是海中的陆地呢？那就又说不清了。还是叫峡湾吧，去过的人多了，其义自明。

美国有本《国家地理》杂志，大名鼎鼎。中国人知道这本刊物，不少是来自《廊桥遗梦》故事里那位男主角罗伯特·金凯，这位漂泊四海、孤独、充满激情的摄影记者就常常在这本杂志上发表作品。该杂志独出心裁，组成了一个庞大的专家组，囊括了生态学、地理学、城市与地区发展、旅游介绍与摄影、文化自然遗产保护、考古学和可持续旅游领域的各界人士。专家们根据六项标准加之亲自体验审查，对世界各地115个旅游目的地进行了评选。这六项评选标准是什么呢？

1. 生态与环境质量；

2. 社会与文化完整性；

3. 历史建筑与文化古迹质量；

4. 美学与吸引力质量；

5. 旅游管理质量；

6. 未来前景。

一番讨论之后，专家组列出了全世界50个世界最佳旅游目的地。在这张清单上，排第一位的就是挪威峡湾。

在中国乃至亚洲大陆并没有峡湾，除新西兰、智利等国偶有所见外，世界上 80% 的峡湾在欧洲，而欧洲的峡湾主要在北欧，北欧的峡湾则主要在挪威。峡湾的英文名是"Fiord"，有时特指的就是挪威的峡湾。

挪威南部的大西洋海岸线呈不寻常的曲折，多条宽阔的"海流"蜿蜒伸展到内陆达 150 千米以上。峡湾的水非常深，一般都在几百米，最深达到 1200 米！两岸的山峰动辄也是千米高，万丈绝壁紧紧钳住一泓蓝水，这水还会随着潮汐一呼一吸，是不是有一种诡异的壮观？

峡湾里瀑布之多到了令人眼花缭乱的程度，可以说千米之内必有瀑布，常常是一眼望去，三四道瀑布同时跌落九天，细者如银丝，粗者如白绫。从北部的瓦朗厄尔峡湾到南部的奥斯陆峡湾，车行之处，无数大小瀑布如万马奔腾。一道接一道，呼啸着、喧哗着溅入峡湾，构成烟雨迷蒙、彩虹飞架的仙境。

旅途中，不由得想到，如果我是水，做哪里的一滴水呢？做藏北高原狮泉河的一滴水吗？那里太冷了。做大海中的一滴水吗？海啸壁起的时候，杀人夺命，罪孽深重。做黄河中的一滴水吗？虽然历史久远，但是携带泥沙太过劳累，不得休息。做南极的一滴水吗？虽然洁净，但万古不化的寂寞也令人怅然。

思前想后，最后做了一个决定——生当做瀑布。瀑布的前身是小溪，无拘无束地跳跃和畅流。小溪们汇聚在一起，就长了能耐和勇气。人多力量大，水丰好办事，同心协力找到腾空而下的山岩，嘻嘻哈哈地纵身一跃，快乐地自高处跌下。水珠们拿着大顶叠着罗汉，倒栽葱地撞向深处，被风扯出透明的旗帜，在飞翔中快乐地撒欢。

瀑布没遮拦地降到了谷底，反倒安静了，变成了一汪小小的泉。如果有幸在挪威做了瀑布，通常不会走太远的行程，就被峡湾收编了去，成为海的一部分。

我是一个很爱吃巧克力的人。在瑞士的时候，导游的一句话让我来了兴趣。导游说："世界上哪里的巧克力最好吃呢？是瑞士。为什么呢？因为巧克力主要是由可可脂和牛奶构成的。"

我觉得这几乎是一句废话，等于说你知道今天的天气为什么好吗？因为今天是星期三，明天是星期四，所以天气好。不解决任何问题，疑团继续存在。

瑞士是一个面积只有 4.1 万平方千米的小国，山高水险并且冬季严寒，全国不生长一棵可可树，瑞士也从未有过殖民地，和可可生产地如非洲、南美洲等没有任何直接关联。这就是说，瑞士生产巧克力，几乎就是先天不足。然而，为什么瑞士是世界上巧克力的第一生产大国，享誉全球呢？

巧克力的所有制造方法都是在瑞士发明的，瑞士人使巧克力的制造流程和方法达到了几乎完美的地步。最可贵的是瑞士人并没有让巧克力长久地保持高昂的身价，而是毫不犹豫地把它从奢侈品的皇冠上拉到了平民的椅子上，成了大众化的消费品。1819 年，500 克巧克力的价钱高达 6 瑞士法郎，这在当时相当于一个普通工人三天的工资。1826 年，建立了一家巧克力工厂，所有机器设备的动力都来自水力，大大提高了效率，每个工人每天可生产25~30 千克巧克力，降低了成本。1830 年，勒拉赫和自己的儿子们在洛桑建立了一家工厂，并发明了欧洲榛果巧克力。一位屠户的儿子把巧克力与牛奶混合在一起，从此结束了巧克力带有苦味的历史，产品有了一个质的飞跃。同时，他发现 Henri Nestle（亨利·内斯特莱，雀巢公司创建者）最新发明的炼乳方法非常好，遂用来制造出了美味的牛奶巧克力。

1879 年，鲁道夫·林特在伯尔尼大教堂下的阿尔河旁建立了自己的巧克力工厂。他发明了一种被称作 "Conchieren" 的工艺，在较硬的巧克力泥中加入可可脂，使瑞士巧克力有了今天高贵、精美的味道。

瑞士是世界上巧克力消费最高的国家，最高纪录为 2001 年人均消费巧克力 12.3 千克。以我当过医生的经验，真觉得这么多巧克力的摄入，恐怕容易引起血糖、血脂的增高吧。

瑞士商店里的巧克力琳琅满目，品种有几百种之多，售价也很便宜，一块简装的没有华丽外壳的 100 克的巧克力，只相当于人民币几元钱，吃到嘴里，甜香软滑，非同一般。

说了这么半天，还是没有把瑞士巧克力天下第一的秘密揭露出来。其实，谜底很简单。导游指着车窗外说，因为瑞士有最好的奶牛，最好的奶牛挤出最好的牛奶，最好的牛奶就做出了最好吃的巧克力。

在阿尔卑斯山麓，有无边的草场和自由自在的奶牛。瑞士奶牛不是黑白花的，通常是红白花或是黄白花的。它们体形硕大，乳房饱满，无忧无虑地吃着草，好像生活在远古时代。导游说："你们注意到牧草了吗？"我瞅了半天，说看不出有什么特别的，只是这里没有污染，好像格外嫩绿。导游不满意地说："你没发现牧草的品种不一样吗？瑞士精心研究牧草，培养优良品种，有时候要花费五六年的时间，才能选定某种优质牧草的种子，播撒在草地上，才会长出富有营养的牧草。吃着这种牧草长大的奶牛，才有可能挤出芬芳浓郁的牛奶，然后，才能保持世界第一口味独特的巧克力啊！"

原来，巧克力的生产线是从牧草开始的，多么长远的谋略啊！

山色越发深了。车停下来休息，在欧洲，司机的工作时间是固定的，每两小时必须休息，不得违背。车上有类似飞机上的黑匣子装置，只要汽车一发动，它就开始记录，包括测算司机每天的驾驶时间和休息的频率，以防疲劳驾驶。

此处景色优美，奶牛们三五成群，在牧场上优哉优哉地闲逛着，看到游客们，也不躲避，睁着好奇的大眼睛，好像在猜测这些人的来历。

有人充满善意地走过去，企图近距离地接触奶牛，和奶牛合影，可能也想抚摩一把牛背什么的。导游赶紧招呼大家，说这万万使不得。

导游说："近几年来，在瑞士牛和人之间发生事故的比例，比过去多了许多。究其原因，可能是由于新的养殖方式造成的。"

过去奶牛受到人的照料比较多，现在，它们更多的时间是在牧场上散养，跟牧民接触的时间很少，已经不习惯跟人靠得很近。也就是说，在某种情况下，这些奶牛部分地恢复了野牛的天性，桀骜不驯。你别看它们好像长得很温驯，其实发起脾气来也是很彪悍的。即便是一头样子乖巧的小牛，也不可以随便触摸，否则，你就有可能被它追得到处乱跑，或者全身负伤。

再者，旅行者来自四面八方，没有和奶牛打交道的经验。看到奶牛生气了，他们也跟着惊慌失措，不知道如何是好。有些人本能地立即转过身撒丫子就逃，但这其实是最危险的举动，会刺激奶牛进一步发作。正确的做法是保持安静，慢慢地蹑手蹑脚地远离奶牛。

多出悲剧之后，瑞士徒步旅行协会发出郑重建议：别去打搅奶牛，更不要想着去触摸它们，可爱的小牛也很危险。不要试着去吓唬它们，不要死死地盯着它们看，也不要当着它们的面舞动棍子。万一发生极端的情况，你就瞄准它们的屁股来一下。

听导游这么一说，我们个个视牛如虎，再也不敢靠近。导游稍稍缓和了口气说，如果你实在太喜欢奶牛了，在离它们20米的地方看看还是可以的。

就这样，我虽然非常喜欢奶牛，但是没有留下一张和奶牛合影的照片，因为我在距它们25米之外。

山路越来越险，真不知道深山里的牛奶如何新鲜地卖出去。看来我的担心不是多余的，这个问题也逼着牧人们开动脑筋。一个名叫保罗·韦勒的牧人，每年都为他的奶酪销售犯愁。他的牧场使用太阳能，木材是用直升机空运来的，设备一流。奶酪则是牧场主按照传统方法制作的，质量绝对优等。可是因为交通不便利，他的产品就是销不出去。

头脑灵活的牧人想到了出租奶牛。他在网上刊登了奶牛的照片，一头奶牛整个夏天租赁费用为380瑞士法郎，估计可产70~120千克奶酪，租赁人在9月就可以来牧场收取奶酪——可以将其带走出售，也可以馈赠亲友。

多么聪明的牧人！保罗的计划大获成功，15头奶牛在网上被租赁一空。保罗还计划扩大服务范围，将周围几个牧场的奶牛通通在网上租赁出去。

真佩服保罗的好脑子，当然也佩服保罗的照相技术。想来他毕竟是主人，聪明的奶牛认得他，乖乖地让他照相，并且把自己的照片贴到互联网上，供人们评头论足。

离开瑞士的时候，有的人买了表，瑞士的手表当然是天下第一。我也买了瑞士天下第一的东西，这就是瑞士的巧克力。特别挑选了"三角"牌巧克力，因为喜欢包装上的图案——高耸的阿尔卑斯山。据说这个牌子的巧克力特意制成三角形状，就是为了纪念欧洲最高峰的身姿。也是为了立此存照，想到那些幸福的、自由自在的、偶尔发发小脾气的奶牛，它们分泌的精华就存贮在这块巧克力中。

后来，我又到过一个欠发达的国家，看到田里的耕牛目光惨淡、骨瘦如柴。它们的脊梁如悬崖般锐利，如果有什么人胆敢骑到它背上的话，牛肯定会在第一时间被压垮倒地，那个人的尾骨也会被牛背切出伤口。从此我对"骨瘦如柴"这个词，有了形象化的记忆。那不仅是菲薄的瘦，更是生命的干涸和死亡的引燃。

94

写了半天，把挪威和瑞士这两个国家生拉硬拽到一处，真是没有太多的道理。也许，连接这些文字的，就是游丝般飘荡的思绪吧。如果我是一滴水，纵是一滴普通的水，也希冀跌宕起伏和波澜壮阔，也渴望游弋和携手，那就做一次瀑布吧。如果我下辈子变成一头牛，就到人迹罕至的山里去，吃的是优质的草，挤出优质的奶。不要被人打扰，不要留下影子，百无遮拦、自由自在地在山坡上踱来踱去，为人间的香甜贡献一点力量。

瀑布的前身是小溪，

无拘无束地跳跃和畅流。

小溪们汇聚在一起，

就长了能耐和勇气。

在北欧游轮上

从芬兰到瑞典,我们乘坐的是"维京"号游轮。也许是因为"泰坦尼克号"留下的印象太深刻了,我上船的第一个动作就是鬼鬼祟祟地瞟着船的两舷,想数数救生艇的数目够不够。其实数也是瞎数,谁知道船上有多少人呢?

到了吃晚饭的时候,就大概知道有多少人了。晚饭被安排在9点半,即使此刻是北欧的白夜期间,太阳下班很迟,这个时辰吃饭也是相当晚了。导游跑去联系,企图把我们的吃饭时间提前,未果。游轮方面的答复是:食客众多,只能分期分批地享用大餐,已经安排在这个时间,无法更改。

入乡随俗吧。

时辰到，进了餐厅，真是蔚为壮观的饕餮大军。自助餐形式，几百个不锈钢的食槽彻头彻尾地敞开心扉，各色食品竭尽全力讨好你的视觉、嗅觉，透过它们和你腹中的肠胃打招呼。无数人端着盘子，在美味之中遨游，如同饥饿的鲨鱼。

　　餐厅位于整艘游轮的正前甲板处，四周都是玻璃，可以把它想象成行进中的水晶宫，游客们就在这座劈风斩浪的宫殿里，有惊无险地大快朵颐。

　　得知我们能够在"维京"号游轮上享受美食，送我们上船的芬兰导游不无羡慕地说，我到芬兰 7 年了，还没有乘过游轮。据说，船上的大餐会让你一辈子难忘。

　　中国人吃饭好扎堆，有了美景，有了美味，当然要有佳客，说说笑笑当佐料，才有滋有味地惬意。伙伴们很快就发现这愿望成了窗外波罗的海的一朵泡沫。餐厅能接待的人数有限，一批人抹着嘴巴走出，另一批人才能鱼贯而入。吃完的人散居在各处，腾出的位置也星罗棋布。这直接导致了我们虽然获准进入餐厅，但并没有现成的位置候着，全靠见缝插针。

　　没有那么大的缝隙，可以一下子插入这么多"中国针"，只能化整为零分而治之了。

　　我端着盘子在熙熙攘攘的人群中寻找座位。一处偏僻的位置，一张两人小桌，一个黄种人在独自进餐。男性，个子不高，大约30岁的年纪，服饰整洁。我猜他是一个日本人，也可能是韩国人。说实话，哪怕有一线希望，我也不愿意和一个日本人同桌进餐，但环顾左右，桌满为患，再咽着口水四处游逛，有点像丐帮。

我用汉语说，这里有人吗？

没指望他能听懂。在海外旅行的经历，我有一个收获。你不会说当地语言也无大碍，大胆地自说母语好了。反正人们萍水相逢之时，能够交流的信息是有限的，配合着手势和表情，大致也能猜个八九不离十。千万不能紧闭双唇什么也不说，那才是真正的闭目塞听、一头雾水。

我相信以我端着盘子没着没落的样子，他一定能明白我的意思，摇头或是点头就可答复。没想到，他非常清晰地用标准普通话回答我说，没有人，你可以坐。

我大喜过望。不单是因为有了座位，更是因为在这里遇到了同乡。我如释重负地放下盘碟，说，中国人？

他略微迟疑了一下，说，冰岛人。

我大吃一惊，说，你一个冰岛人，居然把汉语说得这么好啊！

他微笑了一下说，我以前是中国人，十几年前加入了冰岛国籍。

原来是这样。我说，那你就是冰籍华人了。怎么称呼你呢？

他说，你就叫我阿博好了。

我坐在阿博对面，开始吃我很晚的晚餐。动了刀叉之后，才发现这顿大餐并不像想象中那样诱人。不怪游轮上厨子手艺不精，是我失算。单凭目测一见钟情，拣来的食物多半口味诡异。比如一种美若珊瑚的红豆子，每一颗都像宝石放射光芒，我以为是外籍的红豆沙，舀了偌大一勺，吃到嘴里方品出拌了羊油和蜂蜜。平素我不吃羊肉。

炸鸡、蔓越莓、番红花鳕鱼、牛蒡扒、惠灵顿牛排、迷迭香、酸辣墨鱼、酪梨、红酒烤肉……你很难猜出色彩艳丽的食物中蕴含着怎样陌生的原料和味道。拣到盘子里就都是菜，不得不通通吃掉，以防服务生对中国人有微词。只是照单全收很辛苦，吃相也不轻松。

阿博看出我的窘态，慢慢地等我吃完，说，我和你一道再去添些食物。我知道有一些东西比较合东方人的口味。

有了阿博做向导，在食物摊中游弋，好比有了指南针，东西好吃多了，起码入口不再龇牙咧嘴。

阿博说，客人来自四面八方，游轮上各种口味的饭菜都有。

我说，没有看到中国饭啊！

阿博说，他们主要还是接待欧洲人，当然以西餐为主。以后中国人来得多了，他们也会做中餐的。

我说，你当年怎么想起到冰岛呢？

阿博说，我很想到海外留学，成绩不是很好。美国的学校考不上，英国学费又太贵了，就到冰岛来了。在冰岛学习冰岛语，有奖学金，就这么简单。

我说，你喜欢冰岛吗？

他说，喜欢，不然我不会入籍。

我说，冰岛有什么好，这样吸引你？

阿博说，第一是我喜欢冰岛的水。冰岛是个资源非常丰富的国家，特别是水，简直是取之不尽，用之不竭。冰岛人口很少，又有广大的冰川，简直就是一个大水库。第二是我喜欢冰岛的风光，像月亮一样。

我有点搞不明白，就问他什么叫像月亮一样，是又大又圆的意思吗?

阿博说，我说冰岛像月亮，是指它的美丽和寒冷，还有荒凉。当然了，还有各种宝藏和让人充满了想象的寥廓空间。

我说，哦，明白了。第三点呢?

阿博说，第三是我喜欢冰岛的姑娘。她们热情豪放，敢爱敢当。如果喜欢你，就狂热似火地和你相爱。不喜欢了，就恩断义绝地同你分手，绝不拖泥带水。如果是你不同意了，就直截了当地告诉她，她也不会哭哭啼啼缠着你不放。如果有了孩子，就跟你算清抚养账目，然后痛痛快快地奔自己的前程去了，再不会寻死觅活地找你麻烦。只是冰岛的法律很保护女子和孩子的利益，就算你是个富豪，如果离上几次婚，也就成了穷光蛋。

我说，看你对冰岛女子这样倾心，想必一定是娶了当地姑娘。

阿博说，曾经有过这样的想法。冰岛出美女，那里的女孩子也很阳光。她是我在一次圣诞节的聚会上遇到的，名叫黛比。我们一见倾心。那一天，正是北极圈内最黑暗的时分，天上出现了美丽的极光，是淡绿色的，横跨整个天穹，好像一匹无与伦比的绸缎，妖娆得令人恐怖。好在两个人在一起，什么都不怕。那天我们喝了很多酒，分手的时候，彼此恋恋不舍。黛比说，咱们到乡下去吧。我说，这样寒冷，到乡下去岂不要冻死? 黛比说，你跟我来，会把你热死。我就和黛比上了路。前几天刚刚下过一场暴风雪，公路上的雪虽然被铲雪机清除了，但两侧的积雪有好几米高，穿行在雪巷中，好像童话世界。我随着黛比到了冰岛首都雷克雅未克郊外的一座别墅。房子几乎被皑皑冰雪掩埋，只有房顶高耸的壁炉烟囱，证明这里曾有人居住。

冰岛的富人通常在郊外都有这样的住所，主要是在夏天时分来游玩，到了冬天，就人迹罕至了。我说，黛比，你有钥匙吗？

黛比说，这是我亲戚家的房子，我有钥匙，但是没带。

我说，这不和没有钥匙是一样吗？黛比说，当然不一样。我有钥匙，说明我有支配这套房屋的权利。我说，权利是一回事，我们进不去，这就是另外一回事了。

黛比说，谁说我们进不去呢？

我说，没有钥匙，你怎么进去呢？

黛比说，这太简单了。说着，黛比走到窗户跟前，扒开积雪，用靴子猛地扫了过去，玻璃应声而碎。黛比矫健地跳了进去，然后从里面把房门打开。我大吃一惊，说，你近乎强盗了。黛比笑起来，说，维京人的祖先就是海盗。

那一次，我和黛比在乡下的别墅待了三天三夜。屋内储备有很多罐头食品，还有饮用水，我们吃穿不愁。取暖和洗澡也没有问题，设备很齐全。窗外是极其寒冷清澈的星空，身边是极其温暖柔软的姑娘，那种感觉真是欲仙欲死。三天以后，我们回到都市。黛比对我说，咱们到此为止吧。

我大吃一惊，说，为什么，我们才刚刚开始。黛比说，我有男朋友，只是这一阶段他不在。现在他就要回来了，我们就结束了，这就是一切。谢谢你给予我的美好感受。说完，她就翩然而去。

我知道这对黛比很正常，但我却难以接受，久久伤感。后来，我决定还是找一个中国的传统女性做妻子。文化这个东西，像胃一样换不掉。我不希望我的女儿在 14 岁的时候就把男孩子领回家。不希望我一推门看到他们在床上做爱，我还要心平气和地说，对不起，打扰你们了，然后镇定地转身离开。我做不到……

阿博举起一杯酒，我用手中的矿泉水和他碰碰杯，预祝他早日找到中意的中国新娘。

吃罢晚饭，已近深夜。我到船上的免税商店转了转，里面也是熙熙攘攘、热气腾腾，人们提着装满酒和化妆品的袋子兴高采烈。还有很多娱乐设施，因为疲倦，听说人也很多，我就没去浏览。

这艘游轮就叫作"维京"号。维京人是日耳曼人生活在斯堪的纳维亚半岛地区的一支，也称诺狄人（"Nordic"的音译，意译为"北方人"），至今德语中"北"仍和此发音近似。维京人人口不多，却是欧洲历史上影响很大的一个种族。他们的足迹北达格陵兰、冰岛以及俄罗斯腹地，南及地中海南岸温暖的亚历山大港和耶路撒冷，西抵不列颠、爱尔兰，东达北美洲东北部。他们在这些地方耕种、放牧、交易，凭借着当时欧洲最出色的航海技术，到处拓殖和贸易，在今瑞典、丹麦、挪威等地安营扎寨。连远在加拿大的圣劳伦斯湾也曾是维京人的殖民地。近东的拜占庭有精锐的维京人雇佣军团，英格兰、爱尔兰、法兰西都有他们的占领区和政权。现代英语中最常用的词汇中有900多个来自维京语。英国东北部的600多座村庄至今还沿用维京地名。法国船长口令中的"左（baloord）""右（tribord）"也是维京航海家留下的。爱尔兰的首都都柏林的奠基人，也是维京人。在俄国，时至今日，普京和叶利钦互称"先生"时，说的还是维京人古老的词汇。

维京人的基本生活方式是农耕，他们的农庄以家族为单位。但他们并不是自给自足的小农，他们还下海捕鳕鱼，腌渍以后卖给西欧人。他们从事国际贸易，有石制、陶制、木制以及兽骨、兽角制成的日用器皿、金属制品、毛纺织品、珠宝饰品等。传统沿袭至今，只不过贸易的品种改成了集装箱码头、战斗机、轿车和移动电话。他们还大量倒卖各地土特产，考古中发现的存货就有斯堪的纳维亚的磨刀石和染料、荷兰的布匹、地中海的丝织品等。

严酷的环境和落后的生产方式，使维京人的文化处于相当原始的状态。

神话、英雄史诗都由吟游诗人口口相流传。维京人是尚武的。他们的神谱中有两大神系，最崇高的主神名叫奥丁，属于埃西尔神系，与雷公索尔为伴。他创造了世界上的一切，并拥有全部的知识，但最重要的是他是战神，主宰生死。另一个被称作瓦尼尔的神系，由弗雷和他的妹妹弗雷娅组成，相对温柔些，主管繁殖和财富。维京人信仰骁勇善战，宣称懦夫将被送进寂寞的地狱，而勇敢战死的人则升入乐园瓦尔哈拉。

实话实说，我觉得北欧的自然环境挺恶劣的，如果没有那些郁郁葱葱的树木，简直就是穷山恶水。在这里生长的维京人，如果不彪悍，早被别的部族消灭或赶走了。他们敬畏大自然的力量，相信即使是他们全能的大神，也战胜不了命运的安排。好在他们也乐观，相信彻底的毁灭之后将是新一轮重生，周而复始，生生不息。

维京人并非没有文字，只是北佬（指古代北欧人）传下来的由 24 个字母组成的书写体系比较原始，又没有好的介质，只好刻在木头和石头上，这样就只能作为记录，而不方便交流。为了刻画方便，字母都由直线和折线组成，没有现代字母的曲线，如现在的"O"是圆圈，而当时则是个菱形。这种文字是后来英语的原型。而沉郁寡言的维京人还嫌 24 个字母太复杂，逐渐简化成 16 个，表达能力就更差了。有时候，人们就把维京人简称为"海盗"。

我不知道阿博在雷克雅未克郊外遇见的女子是不是一个海盗的后代，但那种性格显然和生长在温带的中国人有相当大的不同。

在心理学里有一种人格名称，叫作"T型性格"，简称为"海盗性格"，代表着创造性、外向型、爱冒险、喜欢生活多姿多彩，喜欢生命力淋漓尽致地发挥。他们喜爱追求新奇和未知，喜欢不确定性，喜欢复杂与刺激，爱把生命搞得像"一次事故"。有生理学家研究指出，这些人与生俱来有一种"刺激"基因，需要经常性的强力刺激，才能保持生命的张力和兴奋，只有不断地冒险，他们才感觉到自己还活着。

据说，爱因斯坦就是这样的人。

也许，黛比就是这样的人。

突然记起阿博的一段话。阿博说他和黛比分手的时候，天空也飘荡着北极光。这一次的北极光是橙红色的，飘散着，很凌乱，好像火焰或者是巫婆的眼光。

我说，什么时候才容易出现北极光呢？

阿博说，有三个条件。

阿博很喜欢把问题梳理成几个点，也许因为是学管理的吧。阿博说，最

容易出现北极光的日子，第一是要在冬天的 12 月。第二是要天气特别晴朗，如果有大风的搅动，极光就会躲藏。第三是要特别寒冷。

阿博说，真奇怪，那三天都有北极光出现，第二天晚上的北极光是金蓝色的，好像深海的海草，也像黛比的头发。

清早起来，站在甲板上，呼吸着海风传递的湿润，渐渐地接近了港口。瑞典到了。上岸的时候，我又看到了阿博。彼此间隔着很多拉杆箱和双肩包，我们只是微笑着颔首，算是招呼也算是告别。

旅途就是这样，我们会在某个地方以出乎意料的方式遇到某个人，彼此一点都不了解，却说了太多的话。

从此天各一方，也许永无相见。祝福他。

旅途就是这样，

我们会在某个地方

以出乎意料的方式遇到某个人，

彼此一点都不了解，

却说了太多的话。

鸟瞰埃德蒙顿

　　北极光给人的感动，是突如其来的狂喜和感天动地的震慑，加拿大艾伯塔省省会埃德蒙顿留给我的冬日怀想，是清冷的安宁和无以言说的静谧。

　　下雪了，加拿大的冬天，必然该有雪的，犹如真正的海要有惊涛。艾伯塔省的雪是绵软的，带着轻薄的鞘，好像一种来自上天的昆虫。它们自由自在地飞舞，降落在大地、树梢、城堡、木屋和人们的肩头，让埃德蒙顿如同种了千百万棵梨花盛开的树。为了鸟瞰埃德蒙顿的全景，我们登上了全市第二高的建筑。保安队长领着我们不断攀登，用粗大的钥匙打开一层层厚重的铁门。终于，我们站到了距地面 150 米高的顶楼之上。这里通常不是一个景点。

那一刻，四周寂寥无声。汽车和行人的喧嚣，已匍匐在脚下如峡谷般的深底之街上，头上是苍凉云天，蕴含着雪花的千军万马。四周是林立的大厦，玻璃幕墙闪着孤寂而带有虹彩的光。远方，是涟漪般散去的民居。在更远的地方，是天和大地的缀连处，由细密的森林用灰绿的针脚缝缀而起，浑然天成。

　　我们渴望城市，我们又留恋乡村。埃德蒙顿的建设把这两者结合起来，人们在享受现代文明的便捷之时，依然依偎在大自然的臂弯里。

　　而这一切，并不是偶然的，而是来自周密的设计。埃德蒙顿市早有规定，除了市中心，不得在郊区建造高楼。这就使得埃德蒙顿至今保留着完整圆滑的 360 度地平线，令人心旷神怡。

　　人类是需要常常看见地平线的。那让我们有一种与大地同在的踏实感。它提示我们在琐碎的生活之外，还有一个博大的存在，可以承载我们的身体和心灵。

　　埃德蒙顿把高度繁华的城市建设与自然的生态环境完美结合在一起，不仅符合建筑美学，而且和人类生存的深层渴求共振。人类是自然之子，如果长期和大自然相隔绝，在单调、鼓噪、僵硬、刻板的人工建筑中踯躅，喝添加了氯化物的水，呼吸被空调设备循环往返无数次的空气，饮下农药和化肥，吞入各种各样的工业原料……就违背了人类几百万年以来进化的基本大法，它不仅是不自然的，而且是不人道的。那种总是两点一线或三点一线的生存

方式，缺少大自然月朗风清的抚摸，缺乏太阳炙热而光明的照耀，呼吸不到由青葱的树木刚刚制造出来的新鲜氧气，喝不到由无数砂岩缓缓滤过的甘甜泉水……我们的身体和灵魂，会一道萎靡、羸弱、发霉、凋零。

人是活在关系中的群居动物。人的一辈子说穿了，有三种关系像轴心一般，指挥着我们围着它打转。第一种是人与自然的关系，第二种是人与人的关系，第三种是人与自我的关系。如果你远离自然，那么这第一种关系的纤绳已咔嚓断裂。据美国科学家研究，世界上最幸福的城市，有一个显著的特点就是那里的人们可以随时拥抱大自然。和大自然的隔膜，是现代人的悲剧之一。

说到人与人的关系，这是一个大题目。先说一个和空间有关的小试验，科学家们证实，当笼子中的小白鼠密度太高时，即使终日提供足够的食物和饮水，小白鼠们也会因拥挤而产生焦虑，之后发生剧烈冲突，彼此咬断对方的尾巴，攻击行为不断，自相残杀，鲜血淋漓……人也难逃这个规律。

说到人与自我的关系，当现代人无法应对越来越频繁的压力，难以有效地调试心境时，就很容易患上抑郁症。

我特别问询了艾伯塔省的抑郁症情况，得到的答案是发病率很低。从埃德蒙顿第二高楼之上的俯瞰，给了我很好的启示。在中国现代化的进程中，我们要在城市建设中，为人们尽最大可能地保存大自然的原生态，让我们一眼望去，可以见到更多的绿色、蓝色和五颜六色的花，可以与广袤的地平线同在。

刚才提到带领我们来到顶层的人，是大厦的保安队长。他和想象中刻板严厉的保安队长大不相同，相貌绅士，服装整洁，而且业余爱好十分丰富，酷爱跳伞和摄影。

我对跳伞十分好奇，问，你是从自己守卫的这座大厦往下跳吗？

他微微一笑，说，这个高度可不够，我是从飞机上往下跳。纵身一跃的时候，感觉像鸟一样自由自在，烦闷就被高空的风吹走了。

我说，那么你不能跳伞的日子，有了烦闷怎么办？

他说，很好的问题啊。在不能跳伞的日子，如果烦闷了，我就爬上这座高楼，一一打开通往大厦顶层的门，独自来到这里，极目远眺。看到一个广大的存在，心情就渐渐放松了，你所感到的压力，和这么大尺度的空间相比，算不了什么，一切烟消云散。

那一天很长时间，我都站在大厦顶上，眼眸毫不聚光地朝向远方，与地平线相交。冰凉的雪片落在睫毛上，化作细碎的水滴。

人类是需要常常看见地平线的。

那让我们有一种

与大地同在的踏实感。

它提示我们在琐碎的生活之外，

还有一个博大的存在，

可以承载我们的身体和心灵。

只有贝加尔湖知道

对于贝加尔湖,基本上就是这样的态度。(作者在《旅游预习》中写道:"很多风光都在记忆中淡去,唯有什么都没有看见的阳关,却以满心的遗憾永生。这也许就是不知道的美丽吧? 从此,我固执地吸取了这个经验,对那些充满了想象的地方,有意地不去查找资料。就让它们在想象中浮沉,享有海阔天空的余量。倘若有什么人好心好意地要告诉我,我就要迫不及待地捂住他的嘴,就像一个不想听到足球比赛结果的球迷。请让我自己去看吧,知道得越少越好!")检点起来,对这个湖的印象可以归纳为两点。一点来自汉朝的苏武牧羊,老人家吞毡咽雪,事发地点就是凛冽的北海——贝加尔湖的小名。还有一点就是天气预报,我们所有的寒冷都来自那遥远的湖面,贝加尔湖简直就是整个中国的北部冰库。

好了，有了这些就足够了。带上方便面，让我们向贝加尔湖出发。

中国人出国都愿意带上几包方便面。我觉得主要是我们的方便面做得好，味道多样化。面条这种东西，很能抚慰中国人的胃。当我们在国外连续几天吃不到可口的中餐时，一旦想起旅行箱里还有几包方便面，心中就安然了很多。

从北京出发，乘坐俄航的飞机，只需两个多小时就到达伊尔库茨克。由于看书太少，在没有到达伊尔库茨克之前，我不知道贝加尔湖和伊尔库茨克的关系。

其实，贝加尔湖紧靠着伊尔库茨克。

但是，我们不能马上看到贝加尔湖。因为我们是从这里入境的，按照规则，我们还将从这里出境。前后两次经过伊尔库茨克，贝加尔湖的游览就被安排在返程途中。

贝加尔湖近在咫尺，可是却不能一睹芳颜，只有等待。不过，伊尔库茨克也是非常值得一看的城市。它保留着古老的俄罗斯风貌，让人恍惚闻到 19世纪俄罗斯作家笔下的田园味道。导游很骄傲地告诉我们，伊尔库茨克已经建市 300 多年了，是东西伯利亚第二大城市。我们听着无动于衷，因为我们有很多 3000 年历史的城市。伊尔库茨克的街道上有很多小木屋，都是以整棵的原木为构架，粗大的原木在转角处搭接，好像刚刚从森林里砍伐回来，还带着木纹的印记。院子也是原木围绕而成的，以木墙承重，木板屋顶，据说坚固保温。想想也是，即使漫天大雪，你躲在一个木头挖出的槽里，闻着松脂的清香，还会寒冷吗？有些木头是被截断的，因为那里要开窗户。每一扇木头窗户都挂着镂花的窗帘，好像有一个童话躲在后面窥视着你。由于年代久远，已经看不出木屋当年粉刷过的颜色，通通是原木在腐朽过程中的赭黑色。当地的导游很为这一点气馁，解释道："我小的时候，看到过人们把自家的房屋都刷上油漆，每座木屋的颜色都是不一样的，可好看了。"

我们就说："那现在为什么不再把它们刷上油漆呢？这样不但美观，也可以保护这些小木屋啊！"

年轻的女导游撇撇嘴说："小木屋多难看啊，有什么保留的必要呢？为什么还要浪费油漆呢？我们很快就要把它们都拆掉了，盖新的水泥房子。"

我们无语。

自从20世纪90年代苏联解体后，位于西伯利亚腹地的工业重镇伊尔库茨克一直未能从严重的经济衰退中摆脱出来。吃午饭的时候，在当地居住了40多年的老板娘说，这里几十年来就没有多大的变化。

没有变化，是好事还是坏事呢？如果小木屋都变成了钢筋水泥的建筑，伊尔库茨克是更美丽了还是不美丽了呢?

正值 7 月,是伊尔库茨克最温暖的季节。听老板娘说,如果再早来几天,背阴处的积雪还没有融化呢!街道两旁的林木盛开着繁茂的白花,稠密得看不到枝条和树叶。我问导游:"这叫什么树、什么花?"

导游说:"不知道。"

我就为自己的爱打听害臊了。我一厢情愿地认为,你想了解一个地方,就应该认识那里的植物,每一种植物都有故乡。看到餐厅的老板娘爱说话,我就又向她探问这种开着无比稠密的白色花朵的树木叫什么名字?

"我不知道它的俄国名字是什么,可我知道它的中国名字。"老板娘说。

我只有退而求其次了,说:"中国名字也行,叫什么呢?"

"它叫酸丁子。春天开白花,秋天结出紫黑色的浆果,可以生吃,还可放在锅里蒸熟再吃,蒸着吃比生吃还要酸甜可口,面面的。蒸好的酸丁子还能做成酸丁子酱,还能做馅饼的。"

一句"能做馅饼",就让我明白了这位远在异国的中国老婆婆已经彻底融入了俄罗斯的风俗,馅饼不再是韭菜茴香馅的,爱吃果酱馅饼了。只是,闹了半天，我还是不知道这个酸丁子到底是棵什么树。

安加拉河河岸到处都是酸丁子树，花朵熙熙攘攘人山人海（如果把一朵花比作一个人的话），让你不断担心树干会不会不堪重负被压垮。好在酸丁子树像个好汉，树皮是黑色的，树枝遒健有力，很是坚忍不拔地挺立着。俄罗斯青年在树下喝酒唱歌，啤酒瓶子瘫倒一地，快乐到你觉得他们有点忘乎所以、游手好闲。同伴中有勤劳的同志，还掰着手指头计算了一下今天是星期几（旅游在外的人对日期比较敏感，对星期几比较糊涂），待想起是星期天，才稍稍平息怨气。

第二天早上，我就要离开伊尔库茨克的时候，俄方导游拿着一本俄汉词典对我说："你问的那种树，叫稠李。"

啊，原来是大名鼎鼎的稠李啊！

在俄罗斯作家的笔下，那旷野中开着白花的稠李树下，发生过多少美丽的故事。稠李的芳香在暮春的时候，弥漫在木屋的炊烟之中，又激起多少令人哀伤的想象！

叶赛宁有一首诗，开门见山就叫《稠李树》。

稠李树

馥郁的稠李树，

和春天一起开放，

金灿灿的树枝，

像鬈发一样生长。

蜜甜的露珠，

顺着树皮向下淌，

留下辛香味的绿痕，

在银色中闪光。

缎子般的花穗，

在露的珍珠下璀璨，

像一对对明亮的耳环，

戴在美丽姑娘的耳上。

在残雪消融的地方，

在树根近旁的草上，

一条银色的小溪，

一路欢快地流淌。

稠李树伸开枝丫，

发散着迷人的芬芳，

金灿灿的绿痕，

映着太阳的光芒。

小溪扬起碎玉的浪花，

飞溅到稠李树的枝杈上，

并在峭壁上弹着琴弦，

为她深情地歌唱。

有了词典的帮忙，导游底气壮多了。她说，稠李的俄文发音是——
"ч ер ё Myxa"，在俄罗斯文化中是美丽和爱情的象征。

在明媚的春天，雪白的稠李花仰天怒放，一阵阵浓郁的芳香，沁人心脾。
诗人们将它喻为蓬松的白云和雪白的妙不可言的树木。稠李树下是情人约
会的地方，稠李所表达的爱情是一种绵绵的柔情。叶赛宁在《请吻我吧……》
中写道："在稠李充满柔情的沙沙声中，响起了一个甜蜜的声音：'我是
你的。'"没有稠李的爱是一种没有柔情和甜蜜的爱，因此当小伙子向姑
娘表达爱意时，常常向心爱的姑娘投去一把稠李枝……

怪不得那么多年轻人挤在稠李树下，原来有如此的象征意义。虽然和
爱情无关，但我也在稠李树下照了一张相，以表达对这种树木的喜爱。后

面的行程里，在莫斯科、在圣彼得堡、在涅瓦河畔……只要我一看到这种盛开着白花的树（俄罗斯腹地由于气候温暖，稠李花已经快谢了，但芬芳更浓烈），就会不由自主地小声招呼一句"稠李树"……好像在向一个新认识的朋友问好。

重新回到伊尔库茨克，重头戏就是拜谒贝加尔湖。这一次，和我们同行的导游是个小伙子，名叫万尼亚。这名字很容易记住，因为有个著名的万尼亚舅舅活在话剧里。

从伊尔库茨克出发，沿着宽阔的柏油路前行了大约 40 千米，穿过丘陵，先到了湖畔的小木屋博物馆。

一个非常有趣的博物馆，据说是在安加拉河上修建水库的时候，把被淹没的库区的一些木屋搬迁到这里，以保存当地居民的原生态。比起伊尔库茨克城里的那些木屋，这里的木屋更精致、更高大，精彩得让人不相信是建造于几百年前。也许市街两旁的建筑不过是普通的民居，但这里的木屋是经过遴选的典型建筑，就像北京胡同的小四合院和达官贵人家的府第，均为古建筑，却不可同日而语。有一个木屋据说是 100 年前的乡村学校，宽敞明亮，摆着整齐的课桌，足以让今天的希望小学羡慕不已。在老师的桌子上，有一个巨大的地球仪，手一抹，滴溜溜地转起来。对此我心存疑虑：当年俄罗斯乡下的孩子们就如此胸怀世界了吗？

从这里，可以看到宽广的安加拉河。导游说："再往前走，你可以在安加拉河河口看到一块巨石，那是贝加尔湖抛下的绊脚石，企图阻碍女儿的脚步。"

怎么回事？

传说中，贝加尔湖是爸爸，安加拉河是他美丽的女儿。贝加尔湖兼容并蓄，有336条河流进来，却只有一条安加拉河流出去。安加拉河就是贝加尔湖唯一的孩子。女儿到了年龄就要出嫁，父亲为她选中的恋人，就是俄罗斯最大的河流——伏尔加河。但飞来的海鸥告诉安加拉河，有位名叫叶尼塞河的青年非常勤劳勇敢，安加拉河的爱慕之心油然而生，想追随叶尼塞河而去。贝加尔湖断然不许，安加拉河只好趁其父熟睡时悄然出走。贝加尔湖醒后痛苦不已，追之不及，便投下巨石，以挡住女儿的去路。可安加拉河已经远去，为了爱情，安加拉河嫁给了汹涌澎湃的叶尼塞河，一直向北，最终流入了北冰洋。

在故事中继续前行，我们看到了那块被称为"圣石"的巨石，没有想象中那样大，不过屹立在湖河分界处，中流击水、浪花飞溅也很壮观。

贝加尔湖几乎是在没有征兆的情况下突然出现。目之所及皆为蔚蓝，鸥鸟飞翔，水波不兴，湖岸线仿佛画框，将西伯利亚瑰丽的巨大蓝宝石——贝加尔湖镶嵌其中。

贝加尔湖是英文"Baykal"一词的音译，俄文称为"baukaji"，源出蒙古语，是由"saii（富饶的）"加"kyji（湖泊）"转化而来，意为"富饶的湖泊"，因湖中盛产多种鱼类而得名。根据布里亚特人的传说，他们将贝加尔湖称为"贝加尔达拉伊"，意为"自然的海"。湖形狭长弯曲，宛如一轮明月镶嵌在西伯利亚南缘。南北长636千米，相当于从莫斯科到圣彼得堡之间的距离，平均宽48千米，最宽处79.4千米，面积达31500平方千米，最深处有1620米，贝加尔湖聚集着全球淡水湖总蓄水量的五分之一。

俄罗斯作家契诃夫曾写道："贝加尔湖异常美丽，难怪西伯利亚人不称它为湖，而称之为海。湖水清澈透明，透过水面像透过空气一样，一切都历历在目。温柔碧绿的水色令人赏心悦目。岸上群山连绵，森林覆盖。"

贝加尔湖湖水如琼浆般澄澈，有记载说湖水透明度可达40.8米。湖中有植物600多种，水生动物1200多种，其中四分之三为特有种群。贝加尔湖虽是淡水湖，但湖里生活着许多地道的海洋生物，如海豹、海螺、龙虾等，据说湖中虾的种类就有255种。另外，还有两种是完全透明的贝尔鱼。贝加尔湖中有岛屿27个，最大的是奥利洪岛，面积约730平方千米。我们问轮船老大，到那座岛上要多久？他说，最少要20小时。

贝加尔湖的大，由此可见一斑。

贝加尔湖也是世界上最古老的湖泊。湖底为沉积岩，第四纪初的造山运动形成了该湖周围的山脉，湖区地貌基本形成的时间迄今约 2500 万年。贝加尔湖下面存在着巨大的地热异常带，火山与地震频频发生。据统计，湖区每年约发生大小地震 2000 次。贝加尔湖还有许多未解之谜。例如，湖水一点不咸，也就是说它与海洋不相通，但却生活着地地道道的海洋生物。又如贝加尔湖里长有热带的生物，像贝加尔湖藓虫类动物，其近亲就生活在印度的湖泊里；贝加尔湖水蛭在我国南方淡水湖里才能见到；贝加尔湖蛤子只生存在巴尔干半岛的奥克里德湖。

有人说，贝加尔湖在地下和北冰洋相连。想想吧，多么奇妙，也许那些海洋生物是从地底下潜泳来的呢!

湖堤旁是一排排售卖烤鱼的摊子。那种鱼尺把长，鱼皮是淡黑色的，身材像鱼雷一样修长而浑圆，看得出善于遨游，而且非常结实。肉质粉红，类似三文鱼。各个摊子的售价都是统一的，为 40 卢布，合人民币十二三元。导游告诉我们，它的大名叫秋白鲑，是贝加尔湖的特产，肉质鲜嫩刺少，就着伏特加酒下咽，别有一番滋味。据说，因为湖水冰冷，一条秋白鲑要 9 年才能长到十几厘米长。为了保护鱼类资源，当地政府对捕鱼许可证的发放非常严格，此鱼严禁出口，只有到贝加尔湖才能品尝到这种美味。

我相信其言不虚，因为临走的时候，万尼亚单买了几条鲑鱼，说是留着回家再吃。看来就是在伊尔库茨克市里，这鱼也属珍品。

不过平心而论，虽然秋白鲑毫无腥气，但因为摊贩基本上不用任何调料，连盐都很吝啬（估计是为了保持原汁原味），这样除了鱼本身的味道之外，对喜欢咸香麻辣的中国人来说，就略显寡淡了。我在岸边照了一张大吃鲑鱼的照片，拿回家给人看，都说我像一个原始人。其实，很多人一边抢着酒瓶子一边吃鱼，模样比我饕餮多了。

我们上了一艘小游轮。游览贝加尔湖是自费项目，每人 600 卢布，约合人民币 200 元。游轮向贝加尔湖深处驶去，很快周边的景色就退向远方，只剩下碧蓝的湖水和天上变幻莫测的白云。

太大的湖和海就没有什么分别了，最大的分别也许是湖水更清澈，看着湖底的水草，会产生一种错觉。想起安徒生的童话《海的女儿》，说水面像最蓝最蓝的矢车菊花瓣，在这晶莹剔透的湖底，一定隐藏着另外一个世界。

万尼亚从船舷摘下一个水桶，把桶抛下，荡起绳子。小桶翻着筋斗翻进湖中，盛满水后被提起来。万尼亚举着滴滴答答落着水珠的小桶对大家说："请，喝吧。"

我们说："就这样喝？"

记得在莫斯科，导游再三告诫我们，俄罗斯的自来水是不能直接饮用的。在饭店买一瓶水，要合人民币近 20 元。我们基本上已经习惯了每天为自己的饮水支付款项，现如今一下子看到如此多的免费洁净水，受宠若惊，将信将疑。

万尼亚说，贝加尔湖中心的水是可以直接饮用的，非常洁净。在盛夏，水温也只有3摄氏度，冰镇的矿泉水。

我们就一仰脖，咕咚咕咚喝下去，果真甘美如泉。

我和万尼亚站在船边看天上的流云。万尼亚说："我很想请教您一个问题。"

我说："您尽管说。如果我知道，一定告诉您。如果我不知道，这船上还有那么多人，我可以帮您问问大家。"

万尼亚是个30岁出头的小伙子，汉语说得不错，去过中国。他说："我的问题是，为什么你们中国人对贝加尔湖情有独钟呢？"

我说："你知道我们汉代的'苏武牧羊'吗？"

他说："知道。"说到这里，他手搭凉棚眺望天边，蓝色的眸子反射出天空的白云。他说："每次来到贝加尔湖，就会想，当年你们的苏武在这里的哪个地方牧过羊呢？"

大地苍凉。是啊，他一个外国人在想，我这个中国人更要想了。

苏武牧羊的"北海"并非大海，而是我们脚下的这个贝加尔湖。汉代称为"柏海"，元代称为"菊海"，18世纪初的《异域录》称为"柏海儿湖"，《大清一统志》称为"白哈儿湖"，蒙古人称为"达赖诺尔"，意为"圣海"。

贝加尔湖周边是无尽的山脉和丘陵，历史上这里曾是中国北方部族的主要活动地区。现在是盛夏时分，正是这里最好的季节，在船上还感到沁骨的寒意。一过了9月，严寒就奔驰而来。秋天，湖畔在0摄氏度左右，而周围山峰和盆地为零下40至零下30摄氏度，巨大的气压差形成强大的风暴——贝加尔季风。到了冬天，更是锥心刺骨的寒冷。据当地人说，温度可达零下50摄氏度。如果你走到外面猛地呼吸一口冷空气，那你就对自己呼吸系统的分布有了最形象的了解。你会知道腔子里所有的气管走向，每一个肺泡都变成冰珠子。贝加尔湖湖面就是一整块巨冰，把天地万物的每一丝暖气都吸入脏腑，几米深的积雪将所有的地方都覆盖成一片银白。

在这样艰苦恶劣的气候下，苏武待了19年，合两次抗日战争加上一次解放战争。戏文中唱道：

雪地又冰天，苦守19年。
渴饮雪，饥吞毡，牧羊北海边。
心存汉社稷，旄落犹未还，

历尽难中难，心如铁石坚。

夜坐塞上时听笳声入耳痛心酸。

转眼北风吹，群雁汉关飞。

白发娘，望儿归，红妆守空帷。

三更同入梦，两地谁梦谁，

任海枯石烂，大节总不亏。

宁教匈奴惊心破胆共服汉德威。

　　苏武是公元前 1 世纪汉朝人，当时中原地区的汉朝和西北的匈奴关系时好时坏。公元前 100 年，匈奴新单于即位，汉朝皇帝为了表示友好，派遣苏武率领 100 多人，带了许多财物，出使匈奴。不料，就在苏武完成了出使任务，准备返回自己的国家时，匈奴上层发生了内乱，苏武一行受到牵连，被扣留下来，要求他们背叛汉朝，臣服单于。最初，单于派人向苏武游说，许以丰厚的俸禄和高官，苏武严词拒绝了。匈奴见劝说没有用，就决定用酷刑。正值严冬，下着鹅毛大雪。单于命人把苏武关入一个露天的大地窖，断绝食物和水，指望着可以改变苏武的信念。时间一天天过去，苏武在地窖里受尽了折磨。渴了，他就吃一把雪，饿了，就嚼身上穿的羊皮袄。受尽刑罚、濒临死亡的苏武仍然没有丝毫屈服的意思，单于只好把苏武放出来。单于看到软硬兼施对苏武都没有起作用，又不想让他返回中原，就把苏武流放到西伯利亚一带。单于对苏武说："既然你不投降，那我就让你去放羊，什么时候公羊生了羊羔，我就让你回到中原去。"

苏武被流放到了人迹罕至的贝加尔湖边,唯一与苏武做伴的,是那根代表汉朝的使节棒和一小群羊。苏武每天拿着这根使节棒放羊,心想总有一天能够拿着使节棒回到自己的国家。这样日复一日,年复一年,使节棒上面的毛都掉光了,苏武的头发和胡须也都变白了。19 年后,当初下命令囚禁他的匈奴单于已然老死,新单于执行与汉朝和好的政策,汉朝皇帝立即派使臣把苏武接了回来。苏武受到热烈欢迎,从政府官员到平民百姓,都向这位富有民族气节的英雄表达敬意。苏武回国后,一直保持着吃羊肉棒骨喝羊肉汤的饮食习惯,不知道是不是这种食谱的好处,受尽苦难的苏武居然活到了 80 多岁。要知道,这在人生七十古来稀的时代,可是个惊人的寿限呢!

万尼亚说:"苏武牧羊就在此地,可那个时候这里还不是你们国家的啊。"

我说:"那时这里是匈奴的地盘,匈奴后来也成了中国的一部分啊。"

万尼亚说:"好吧。就算是这样吧,但现在贝加尔湖是我们的。"

我无言。

是的,现在贝加尔湖不是中国的。这也是千真万确的,我们只有尊重国境线。

想起一件往事。有一次,在北京会见蒙古国作家团。友好气氛中,作家团的团长说，我们代表蒙古国作家，送给你们一份礼物，是一张画在皮革上面的画。说着，就展开了一幅尺把长的皮画，上面绘着一位身穿蒙古服装的英武汉子，面如重枣，稀疏的胡须被归拢成几绺垂在下颌上。

蒙古作家团团长说："这就是我们民族伟大的英雄和开国元勋……"中国作家很尊敬地走过去瞻仰。团长说："……他就是成吉思汗。"

当时就想起了鲁迅先生那段著名的论述——到底是他们的汗还是我们的汗呢？

当然先是他们的汗了。

扯远了，还是回到贝加尔湖吧。

贝加尔湖是美丽的，也是珍贵的。凡是美丽而珍贵的东西，都应该珍惜。在俄罗斯，作家是保护贝加尔湖的重要力量，其中最突出的是著名作家拉斯普京。

当年我读文艺学研究生的时候，就很喜欢拉斯普京的作品，喜欢那种对人生绝境从容不迫的描述，并在这种描述中彰显出人性的顽强和坚忍。

瓦连京·格里戈里耶维奇·拉斯普京（1937—2015）是俄罗斯当代著名

作家。他的小说以浓郁的西伯利亚乡土气息和对人与传统主题的深刻挖掘而著称于文坛。比如他的《告别马焦拉》，就是很有代表性的作品。在参观小木屋博物馆的时候，我就在想，这里面有没有一座木屋是来自马焦拉呢？

小说写的是安加拉河上的一座小岛——马焦拉，即将因一座大型电站的建设而被淹没，由此引发出人们搬迁时的种种情感冲突。有一位俄罗斯老大妈叫达丽娅，古老的木屋就要被水淹没了，达丽娅拎着小桶，艰难地粉刷着自己的小木屋。年轻人大惑不解，觉得何必要徒劳无益地粉刷房屋呢？它们就要消失于波涛中，粉刷还有什么意义呢？殊不知在对故土怀有深情厚谊的人心中，每一幢小木屋都是有灵魂的。维系村民与马焦拉联系的是那种似乎说不清、道不明的，但又深深熔铸于人们血肉之中的传统，一种有价值的精神和道德的脐带。"马焦拉"不仅仅是一座小岛，而且是小说中村民们得以劳作、生息，有着种种无法割断的精神文化联系的母亲大地，而且也是俄罗斯民族传统根基的象征，具有强烈的象征意义。作者并不是写简单的"乡土恋情"，而是深刻地揭示了历史、传统和民族意识对于当代人的意义，并提醒处在高科技时代的人们要"注意人类生存的根基"，要"珍惜地搬迁"。

拉斯普京也以此表达了深深的忧虑。在历史蜕变中，很多民族传统中有价值的东西被冷落、遗弃，乃至无情斩断……《告别马焦拉》，是一首悠长的挽歌，和着贝加尔湖的波浪，在水中激起不息的涟漪。

拉斯普京直言不讳的批评，成了某些人的眼中钉和肉中刺。黑暗势力对拉斯普京的仇恨，居然演变成了血腥的暴力。1980年寒冷的冬天，拉斯普京遭到了惨无人道的暗算，就在位于伊尔库茨克的公寓外面，他被五个人用凶器打得皮开肉绽，鲜血横流。当人们发现拉斯普京的时候，以为他已经死了。经抢救，拉斯普京终于活了过来，眼睛几乎失明了一年，脸部做了多次整容手术。

在伊尔库茨克城里漫步的时候，我常常不由自主地想，哪一栋房屋是拉斯普京的喋血之地呢？一个作家，为了捍卫自己的感情和理念，居然要付出这样深重的代价，在意料外也在意料中。我在北师大读书时，导师曾说过一句话："作家其实是一个充满了危险的职业，因为你要说真话。你选择了这一行，就要决定做一个勇士。"

拉斯普京是一个勇士。伤愈之后，他依然毫不退缩地投入保护贝加尔湖的事业中。他对人说，总有一种"做得太少，为时太晚"的感觉。记者曾问过他："你是否觉得这种原始的西伯利亚古老民族的传统应当受到保护？"

拉斯普京点点头，说："要是我们过去多注意一点他们的传统，今天的贝加尔湖就不会遇到这么多的麻烦。"说到这里，他深深吸了口气，接着说，"所以，我们要注意优先保护当地的传统，包括思想传统、文化传统、民族传统，因为没有这些传统，人类将无法保护其生存环境。"

贝加尔湖的保护得到了越来越多的重视，但拉斯普京认为，有些保护贝加尔湖的决议仍然是模棱两可、治标不治本的，主管部门可以随意解释或是延误执行有关的决定，或者对存在的问题采取文过饰非的态度。拉斯普京说："当大家反复看到这种口头上热爱自然，而行动上破坏自然的口是心非的现象时，便会滋生一种厌恶的、麻木的、无动于衷的心态。国家是否真的具备长期的生态政策，当前主要体现在贝加尔湖的问题上。"

官僚主义换汤不换药的措施终于激怒了群众。伊尔库茨克地区党和政府1987年4月1日通过一项决议，说是为了保护贝加尔湖，计划投资1.4亿卢布，立即修建一条长达76千米的管道，把污水排到伊尔库特河。为了修建这条管道，需要穿过一片原始森林，砍掉12~15千米远的路上的树。伊尔库特河河畔有一个很美丽的村庄，首先是这个村庄的居民强烈反对把污染转移到这个地区来，接着是科学家、作家、记者在报刊上发表文章，反对这个不明智的决议。他们把这个排水管方案称作林业造纸工业部门的"特洛伊木马"，是转嫁污染，也是不真正解决贝加尔湖问题的一个埋伏。大学生们更是走上广场、街头、车站，到处发表演说、组织签名，掀起了一场保护贝加尔湖的运动。开始，公安部门认为他们是极端分子恣意闹事，对他们横加干涉，还抓了几个人。这下更激起了人们的不满，事态扩大了，签名者越来越多，达7万多人。连铺设管道的工人也被说服，自动罢工了。开始，地区领导还想坚持原来的决议，邀集一些专家学者来论证这项措施，希望能为铺设管道找到一些科学论据。没想到专家学者们一致反对。他们认为，铺设管道不仅毁掉了伊尔库特河，而且注入安加拉河以后，会使西伯利亚这条著名的已被污染的河流污染更为严重。同时，铺设管道丝毫不能解决造纸厂的空气污染问题，废气照样在毁坏周围的森林及其生态系统。再说，国家拿出巨额资金来修建这项环境效益不大而又增加了新的破坏工程，为什么不用这笔钱来加快造纸厂的转产改造呢？各方面的压力终于迫使政府重新做出决定，取消铺设管道的计划，把建设管道的资金用于污水治理，并把污染严重的造纸厂逐步转产为家具厂，同时对保护环境做出了新的规划。为了减少空气的污染，逐步用电力和煤气代替冒烟排尘的锅炉。

以上啰啰唆唆地写了这个故事，看似和风景无关，其实相连。我们今天还能看到一尘不染的贝加尔湖，并非只是天然的恩赐。贝加尔湖也曾面临过肮脏的污浊，只是由于人民的力量，湖水才依然清澈。

航行至贝加尔湖深处，万尼亚拿出几个小戈比，发给我们一人一枚。我们问："干什么用呢？"

万尼亚说："看我的。"说着，他就一扬胳膊，把戈比投向远远的湖水。他说："把硬币交给贝加尔湖，然后许一个愿，不要讲出声来，就放在你心里。贝加尔湖会听到的，它会帮助你实现愿望，很灵的。"

我们感谢他的好意，依次把手中的戈比投向贝加尔湖。

我的那枚硬币划出一条流畅的弧线，边缘如切割原木的轮锯，划开贝加尔湖水晶般的湖面，缓缓沉入。正好轮船的航向略有改变，经过硬币沉没的地方。贝加尔湖的水非常清澈，我看到那枚褐红色硬币在碧绿的水草中漂荡，衬着垩白色的湖底岩石，宛如大幕前舞蹈的精灵。

至于我的那个愿望，不告诉你，只有贝加尔湖知道。

每次来到贝加尔湖，

就会想，

当年的苏武

在这里的哪个地方牧过羊呢？

丹麦的独腿锡兵

安徒生童话里，我喜欢《卖火柴的小女孩》，喜欢《海的女儿》，最喜欢的是《坚定的锡兵》。有的人把这篇童话的名字翻译成《坚强的锡兵》。相较之下，我还是更偏向"坚定"二字，那种对爱情奋不顾身的投入，还有死心塌地的一厢情愿，让人唏嘘。

童话里的锡兵只有一条腿，真不知道他是如何通过了当兵的体检，成了一名肩扛毛瑟枪的勇士。书里给了我们一个解释，说这个锡兵是最后一个被生产出来的，原材料不够用了，所以只有一条腿。按照这个解释，锡兵就是先天性残疾。锡兵历经种种磨难，从未改变对一位纸做的"小舞蹈家"的爱情，直到最后在火中凝结为一颗锡做的心。

当年读这篇童话的时候，就萌生了一个小小的愿望——得到一个小小的锡兵。那时候想得简单，以为既然是个著名的童话人物，就该到处有的卖，就像如今的唐老鸭、米老鼠。屡屡搜索未果，才明白这锡兵是个小人物，并不芳草天涯。看来，要找锡兵，只有到他的老家丹麦了。

到了丹麦，先去看的是海的女儿的铜像。铜像矗立在哥本哈根海滨公园的浅海处，身高 1.25 米。注意啊，不是说美丽的美人鱼身高只有这么矮小，而是因为她取了一个屈腿侧身的坐姿。如果站起身来，就是个高大的美女。再提供一个数字：据说铜像的体重是 175 千克，今年（本文写于 2006 年）已经有 93 岁了。

93 岁的小美人鱼，丝毫不改婀娜多姿的体态，青铜色的"她"坐在一块礁石上，容颜清丽，美丽的发辫垂在腰间，在身后紧贴礁石处，有一条仿佛还在滴着水珠的鱼尾。美人鱼周围能容人站立的地方很狭窄，礁石上又覆满了青苔，又湿又滑，稍不小心就会跌入海里，让你来个不情愿的海水浴。我们很规矩地排着队，依次跳上岩石，迎着光照相。咔嚓咔嚓乱响了一阵之后，突然有人说，这样的照法，把美人鱼最重要的部分就丢了。

照过的人吓了一跳，马上反驳说："你看，海水啊、蓝天啊、美人鱼啊，还有我啊，都照上了，什么都不缺的，肯定没丢掉任何东西。"没照过的人就停下了踏上苔藓的脚步，眼巴巴地等候着下文，以防自己辛辛苦苦地蹦跳过去，反倒做了无用功。

发难的那位说："美人鱼啊美人鱼，你们只照了美人，没有照上鱼。正面取景，好看是没的说，可惜没有尾巴。没有尾巴的美人鱼，人家还以为是一尊普通的欧洲少女像呢！"

呵呵，尾巴！是的，美人鱼最重要的身份证就是她的尾巴。尾巴里藏着她全部的秘密和痛苦，当然，也有奉献和快乐。

于是大家重新来过。

听说这座美人鱼雕像早已不是丹麦雕塑家爱德华的原作。美人鱼曾多次遭到破坏，身首异处。政府为防悲剧重演，现在用的是仿制品，原作早被国家博物馆收藏。

听说每年有超过 100 万的游客和美人鱼合影，有的游客还爬到美人鱼的身上，做出不雅的动作。政府准备把美人鱼的铜像搬到深海去，这样游客们就只能远远地眺望美人鱼的身姿，呆呆地面朝大海，从海风的呼啸中，去想象美人鱼所经受过的刺骨寒冷、锥心痛苦和致命浪漫。

记得小时候给孩子讲《海的女儿》，孩子对坚贞的爱情似乎不大能体会，只是为美人鱼不能说话而万分苦恼。孩子问："美人鱼没上过学吗？"

我说："这和上学有什么关系呢？"

孩子说："就算美人鱼嗓子哑了说不出话来，可以写一张字条给王子啊，王子一看不是全都明白了？"

我张口结舌，只好说："海底是没有学校的。"

孩子穷追不舍，说："那她爸爸可以教她啊，她爸爸不是国王吗？国王肯定会写字的，要不怎么能当国王？"

我急中生智，总算想到了一个解释，我说："海底王国和人间使用的不是同一种文字，是外语。就算是美人鱼给王子写了字条，王子也不认识……"

惊出了一身汗，才把这段公案应对过去。想想看，如果至善至美的小美人鱼都可以是文盲，早就厌学的孩子们，理由和狡辩一定更多了。

看完了《海的女儿》，就该去看她爸爸的雕像了。美人鱼的爸爸不是海底的国王，而是丹麦伟大的文学家安徒生。

丹麦到处都有安徒生的雕像，我最喜欢的是哥本哈根市政厅南侧那尊青铜像。早知道安徒生相貌不佳，便做好了看到一张难看脸的准备，但这座塑像一点都不丑。晚年的安徒生表情安详，头戴一顶 18 世纪流行的绅士高筒礼帽，挂着一根手杖，有一种若隐若现的沉思和羞怯，据说这是按照 1875 年安徒生 70 岁时的样子设计的。游客们纷纷爬上台阶，和铜制的安徒生合影。

因为雕像高大，一般的人站在那里，只能到达安徒生的腰际。据说摸到"安徒生"的手、膝盖或是裤脚和鞋子，都可以沾到大师的灵气。这些常常被游客汗手所摩挲的地方，油亮而紫红，好像镶上了红色的补丁。

这位把童话作为献给全世界儿童最好礼物的大师，自己始终不曾有过孩子，几度情场失意。15 岁那年他来到哥本哈根，一生中的大部分时光都是在哥本哈根度过的。

看完了雕像之后，就是寻找安徒生的故居。据说安徒生在哥本哈根住过不止20个地方，现在只把一部分开辟出来供游人参观，最具盛名的是在新港。

新港其实并不新了，早在 1673 年，当时的丹麦国王哈丁古斯二世为了实现"要让哥本哈根成为跟世界做贸易的城市"的诺言，下令开凿运河将朗厄里尼海的水引进哥本哈根。而在丹麦语中，哥本哈根就是"商人的港口"或者"贸易港"的意思。只是哈丁古斯二世国王并没能想到他的这一纯粹为了发展经济而进行的开凿，最终成就了哥本哈根这座城市的诗情，以及安徒生那些充满了幽默和幻想的童话。

新港狭长的港湾里停满了五颜六色的游艇和帆船，樯桅林立，帆影摇曳。运河两岸伫立着当年码头工人以及琥珀商人和海员们居住的房子，每栋房屋的颜色都不相同，亮蓝、粉红、金黄、春草绿……在夕阳的余晖里，这些五颜六色已有几百年历史的老房子不可思议地年轻。街边是一排排支着太阳伞、座无虚席的露天酒吧，游人鼎沸。

坐在运河边长长的木头上，听着优雅的爵士乐，看穿梭在运河上的游船，一下子分不清到底是在 21 世纪还是在 19 世纪。据说因为施行严格的保护措施，这里的建筑和两百年前没有丝毫区别。

这条街是安徒生的心灵栖息地。在街的路口有一座安徒生雕像，雕像的铭牌上记载着安徒生曾分别于 1834—1838 年、1848 年和 1875 年相继在这条街的 20 号、67 号和 18 号居住并写作。在这里，他得到过戏剧家、诗人、贵族乃至国王的帮助和垂青，渐渐声名鹊起。只是不巧，20 号故居正在修整，我们无法入内参观。在门口和林立的脚手架合影之后，我不停地向对岸眺望。我在寻找房屋与房屋连接的拐角处，我记得在《卖火柴的小女孩》中，那个可怜的小女孩冻饿交加，就是在一处墙角划完了她所有的火柴。我想安徒生写作这篇童话的时候，一定想起了窗外的这些楼房。他坐在窗前，倾听着运河上木帆船的摇橹声，看着河边酒吧里扯着嗓子不停地举着酒瓶子正在寻欢作乐的海员，想象着一把火柴像火炬一样燃烧……

在丹麦的街头徜徉，我还是念念不忘那个独腿锡兵。

我向导游述说心愿，问在哪里可以买到一个锡兵。导游说："克伦古堡。"从此心中一直默念"克伦古堡、克伦古堡"，好像小孩子买酱油醋，在走向商店的路上不停地嘟嘟囔囔，生怕忘却。

克伦古堡，位于哥本哈根北面海滨，建筑在岩石上，半截身子探进海中。几百年来，它一直是守卫哥本哈根的要塞，至今还保留着当时的炮台和兵器。

克伦古堡位于丹麦与瑞典之间最狭窄的海域，扼住了波罗的海的入口处，名字的意思是——皇冠之堡。这个古堡不仅因为战略地位重要而闻名，更因为它是莎士比亚名剧《王子复仇记》（《哈姆雷特》）的发生地。历史上真实的《王子复仇记》是丹麦内陆的故事，莎翁玩了个"乾坤大挪移"，将它搬到了这里。

为什么要移花接木？因为当年的克伦古堡之豪华雄冠北欧。早在15世纪，当时统治全北欧（包括丹麦、瑞典、挪威、芬兰和冰岛的"斯堪的纳维亚联合王国"）的丹麦国王埃里克便看中了赫尔辛格这个极具战略性的"瓶颈"地带，在此筑堡，向来往北海和波罗的海的商船征税，收取买路钱，约略等同于现今的高速公路收费站。北欧的海上贸易非常活跃，埃里克和他的继承人财源滚滚。赫尔辛格遂从一个渔村一跃成为名震欧洲的海港重镇。后来，丹麦国王弗雷德里克二世娶了年仅15岁的表妹苏菲。为了给新王后提供一个舒适的居住环境，国王斥资把阴森湿冷的中世纪式样的克伦古堡改建成文艺复兴式的豪华行宫。2000年，克伦古堡被联合国教科文组织列入世界古迹名单中。

然而，走进城堡，感受到的主体风格依然是阴暗和压抑的，虽然屋外阳光灿烂。跟着导游，可在古堡的四翼参观丹麦王族当年的会客厅、起居室、寝室等，看到皇室名贵的家具、摆设、日用品和餐具。古堡的庭院里还有一座精致的小教堂，以供王室成员使用。

比较振奋而有生气的是武士大厅，据说当年是弗雷德里克国王为了讨好酷爱跳交际舞的苏菲而建造的舞厅，全长 63 米，为当时全欧洲最长的大厅，金碧辉煌，极负盛名。就是今天看起来，也还有不可一世的奢华之气。

堡内除了大厅宽阔之外，到处都很幽暗，的确是发生幽怨故事和血腥政变的好地方。

导游特别提示要留意墙上的 7 张挂毯。初看起来，这些挂毯除了规模较大之外，并没有非常特别的地方。可是中国人对"大"是有很强的免疫力的，单凭体积来讲，还不足以让我们惊奇。挂毯的主色调是咖啡色，不知是因为年代久远褪了色，还是皇室就喜欢如此暗淡的风格。在一派昏暗之中，在任何角度都可以看到丝毯中的某些部分在闪闪发光。据说这是金线的光芒，它们是用真正的纯金丝编织而成的。

丝毯的主题基本上是人物，为丹麦历代国王和王室成员。当年无数工人不停劳作了整整 4 年，一共编织出了 43 张丝毯，每张的面积都是 12 平方米（3 米 × 4 米）。这些价值连城的挂毯，只有 14 张保存至今——哥本哈根的国立博物馆和克伦古堡各藏一半。在《王子复仇记》里，有一段弄臣波洛涅

斯躲在"帘子"后，结果被哈姆雷特误杀的情节。有学者猜测，莎翁所说的
"帘子"，其实指的就是这种挂毯。听到了这个说法，再看那些暗淡的挂毯，
就有些悚然。

克伦古堡因莎士比亚而得名，但只在城堡的外围有一尊小小的莎士比亚
像，令人有些费解。如果没有莎士比亚，没有《王子复仇记》，克伦古堡能
有今天这样显赫的声名吗？查了一下资料，在世界十大著名古堡中，克伦古
堡并未列在其中。如今在人们的心里，它毫不逊色地跻身于世界上最著名的
城堡之列，恐怕不是因为并不算很大的"武士大厅"，也不是因为那些容颜
沧桑的挂毯，而是因为一位作家的一支笔。

好在每年 8 月间，克伦古堡都会举行与莎士比亚相关的一系列活动。听
说从 20 世纪初起便几乎年年举行《王子复仇记》的公演，许多著名的演员
如罗伦斯·奥利华、费雯丽和肯尼斯·布拉纳等，都曾在这里演出过。克伦
古堡里有他们演出的巨幅剧照，很多游人在此合影。

在克伦古堡，可以远眺 4000 米外的瑞典小镇海辛堡（也译作赫尔辛堡）。
有段城墙很像哈姆雷特徘徊叩问的场景，不知他是不是在这里看到了鬼魂。
这样一想，纵然是在烈日下，也生出阵阵寒意。今天丹麦和瑞典很友好，渡
轮码头都不设海关，人们可自由来往。但在 15-17 世纪，两国为了争夺波罗
的海巨额利益的霸权，锲而不舍地打了两百年的仗。最残酷的海上战场，就
在这里。

听导游说，莎士比亚自己也演过《王子复仇记》。我们忙问他莎翁扮演的是谁。导游说："猜猜看。"有人猜是哈姆雷特，有人说莎翁没有那样高大英俊，可能演的是弑兄霸嫂的叔叔，还有人说他不会女扮男装演了美女或是皇后吧？看大家猜得辛苦，导游索性揭开谜底："莎翁在戏中演的是鬼魂。"

大家就笑起来，城墙就不恐怖了。

到现在为止，我还没有买到锡兵，甚至连一个锡兵的影子也没见到，不由得暗暗焦急。导游让大家自由活动，对我说："你跟我走吧。"

下窄窄的楼梯，台阶之险峻，估计在数百年的历史里，一定让若干官女摔得鼻青脸肿。好不容易走到一处旅游商品销售点，推开门一看，我不由得欢呼起来。

无数的锡兵列队站在玻璃橱窗中，个个雄赳赳气昂昂，好像在接受检阅。导游说："你挑吧！"然后放下我，回去照顾大家。

这些锡兵都是朴实无华的金属色，仿佛暴雨前厚重的阴云。大的有一拳高，小的只有一厘米，戴着头盔，长满络腮胡子，目光炯炯。虽然形态不一，但每一个都精神饱满，荷枪实弹，随时准备上战场的架势。

我说："我要一个锡兵。"

售货大妈（真的不能称之为小姐，足有 50 岁了）拿出一个手持盾牌的锡兵，那张盾牌上刻着海扇贝的族徽图案，很是骁勇。

我摇头说："No。"

她又拿出了一个锡兵，这个锡兵没有拿盾牌，改成拿一柄长剑，寒光凛凛。

导游已经走了，语言不通，我用手势比画着告知她，也不是这个。

大妈脾气不错，思忖起来。我指指锡兵的武器，然后做了一个射击的动作。她看懂了，拿出了第三个锡兵。

这次对了。这个锡兵不是拿着盾牌，也不是舞着长剑，而是提了一支枪。

可惜的是，这不是毛瑟枪，而是一支花里胡哨的短枪。

毛瑟枪是德国人毛瑟发明的一种长枪，在安徒生那个时代，是一种新鲜兵器，类似今天的手提式导弹吧。安徒生发给锡兵一支毛瑟枪，除了说明他紧跟世界潮流之外，也说明安徒生实在是很喜爱锡兵，给他装备了最先进的杀伤性武器。

大妈再次思忖，我拼命比画，夸张地表现着枪支的长度，简直快把毛瑟枪形容成大炮了。大妈心领神会，终于从锡兵阵营中拎出了一个肩扛长枪的锡兵。

哈哈，终于大功告成了。这就是那个坚定的锡兵，扛着毛瑟枪，等待着他如火如荼的爱情。

大妈也很高兴，拿出一个精致的小盒子，要把锡兵打包。这时，我突然发现了一个致命的错误——这个锡兵是健全的！也就是说，他的两条腿都完好无缺！这个锡兵——不是那个锡兵！

我急忙阻止了大妈的进一步包装，急赤白脸地说："我要一条腿的锡兵！"

看着她茫然的神情，我知道她完全猜不透我的意思。急中生智，我来了个金鸡独立：把自己的一条腿尽量藏起来，晃晃悠悠地站在那里。以我的老胳膊老腿，完成这个动作并不轻松，踉踉跄跄几乎跌倒。

大妈终于恍然大悟，口中发出"呜呜"的声音，表示她完全明白了我的要求。我以为这一次大功告成了，但老人家拿出来的还是零件周全的锡兵，嘴里还不停地说着什么，脚下还摆动着。

可惜我听不懂，也不知道再如何表演才能得到独腿锡兵。正在百般为难之际，导游来找我，这才听懂了大妈的告白。原来游人们都喜欢买一条腿的锡兵，店里刚好断货了，最快也要几天后才能供货。目前，只能向我提供两条腿的锡兵。

怎么办呢？好失望啊。要么，就永远留下这个遗憾，让那个一条腿的锡兵活在记忆中；要么，就买下肢体健全的锡兵。

大妈冲着导游说着什么，导游却不忙着翻译给我，频频点头。我问导游："她在说什么？"

导游说："她还在推销两条腿的锡兵。"

我问："她具体说了些什么呢？"

导游说："她说，真正的一条腿的锡兵其实并没有完成他的爱情理想，还在进行中。完成了爱情理想的锡兵，已经不存在了，和他心爱的人一道化成了一颗锡心。在人们心里，他就是个健全的锡兵。"

我不知道这是不是一篇非常成功的推销词，总而言之，我被它打动了。是的，一条腿的锡兵，只是他刚刚被制造出来时的模样，之后他就面目全非了。锡兵最完美的时刻就在他熔化的瞬间。

我最后买下了一个手脚健全的锡兵，肩扛着毛瑟枪。他是用那把锡汤匙做成的 24 个完整的锡兵中的一员，我猜想，在他的心中一定怀念着那个同根生的兄弟，虽然他已经变成了一颗小小的锡心。

真正的一条腿的锡兵

其实并没有完成他的爱情理想，

还在进行中。

完成了爱情理想的锡兵，

已经不存在了，

和他心爱的人一道化成了一颗锡心。

在人们心里，

他就是个健全的锡兵。

马萨达永不再陷落

马萨达是以色列死海边高昂的头颅。

马萨达这个名称，最早出现在希腊文手抄本中，在亚拉姆语中是"堡垒"之意。它位于死海西岸边的峭壁上，看不到丝毫绿色，和周围充满盐土气息的绵延小丘，没有大区别。马萨达山脚下的砂石大地上，绘有粗糙的水纹状痕迹，这位不拘一格的大手笔涂鸦者，乃是死海日复一日的咸浪。想当年这世界上最低的咸水湖，面积比现在要大，波涛汹涌。

由于气候干旱变暖，死海不断瘦身，留下了这身宽体胖时的飘逸衣褶。马萨达凭山扼海，是绝佳的制高点。站在山下遥望，想起让诸葛亮挥泪斩了马谡的"街亭"，似乎有某种神似。这里的易守难攻不言而喻，当年的人们如何解决水源呢？它的最终沦陷，是否和缺水也有关呢？怀抱疑问，开始上山。

从山脚到山顶，有两条路可选。一是乘坐箱形缆车，然后自己再爬80级台阶，即可抵达山顶的堡垒处。还有一条是呈"之"字形的粗糙土路，名叫"蛇道"，蜿蜒曲折。我胆怯地瞄了一眼，估计以我的体力，至少要两小时吧。

我年少时在西藏当兵，手足并用攀爬雪山落下了心理伤，凡有工具可借用时，必定偷懒。上了缆车，人们纷纷倒向右侧车厢，那一边可以看到正午时分的死海，如巨大宝镜，迸射烂银一般的强烈反光，晃得人睁不开眼。人又偏竭力想去看，个个眯缝着眼皮仄着身子，坠得缆车似乎都歪了。

马萨达海拔50米。你可能会说，原以为是壁立千寻的高山，原来不过区区50米。请注意啊，此处高度虽然以海拔标注，但周围却是低于海平面440米的死海。也就是说，马萨达高出周围海面计490米，峭壁和峡谷，刀削斧劈般直上直下，让它显出桀骜的高耸。即使在今日，这突兀而起和与四周几乎完全断离的身姿，也属绝佳的军事要地。更不消说在2000多年前的冷兵器时代，它成为天造地设的堡垒之冠。

上得山来，马萨达的顶部倒很平坦，大约有650米长，300米宽，像一幅巨大的土黄色桌面。放眼四看，它是森严堡垒和华美宫殿的奇异混合体。

堡垒见过,宫殿见过,在同一个视野中,坚不可摧的防御工事和绚烂华美的宫廷遗址绞缠一处,比肩而立,你中有我,我中有你,真是第一次目睹。这两组遗址的使用主人是不同的,宫殿属于残暴多疑的希律王;萧索的古战场,则属于沥血而亡的犹太勇士。

希律王时期的建筑,包括宫殿、浴室、储藏室、居室、防御工事和供水系统,等等,设计精良,施工考究。残存的壁画栩栩如生、马赛克地板精雕细刻、硕大无朋的石头梁、千年不倒的罗马柱……显示着皇家的威严与工匠的鬼斧神工。有个足有几十坪的宽大浴室,还可以看到地板下预留的半尺高的悬空间隙。导游请我们猜猜这是干什么用的?我们一脸茫然,想不出它的奥秘。我觉得可能是埋藏武器的地方,希律王怕有人趁他洗澡的时候加害,故备下暗器……但不敢贸然作答,怕说错了显得很蠢。导游告诉我们,这是2000多年前用来作为蒸汽循环加热的装置,类似今天的"地暖"设备,不得不叹服帝王之家源远流长的奢靡。待走出温暖的享乐窝,扑面而来的是森冷的断壁残垣,持续向人们释放战火纷飞时储存下的杀戮之气。

一只鸽子在岩壁上用喙啄水,紫褐色的头羽点得捣蒜一般。我原以为这里有泉眼,走近来,才发现是一处如何向马萨达输水的模型,旁边放着一个矿泉水瓶子。想得很周到,游客若看不懂,可以用水瓶接了水,浇在模型的山麓上。水一洒下,等于撬动了机关,水会顺着山势,流向模型中的蓄水池。野鸽子们也深谙此道,时不时地来模型处喝水。马萨达聚水的法子,说起来复杂,其实就是将远方山脉降下的雨水,用一个复杂的集水系统收集起来,再经过暗渠，顺着辗转水道，让水最终流进峭壁西北侧的蓄水池。据说蓄水池总容积为 4 万立方米，可以提供丰沛的水源。

约瑟夫曾写道："希律王在每个地方都建造了蓄水池，这样他就可以成功地为住在这里的人提供水。甚至好像在使用泉水一样。"

谈到马萨达，必须要说到约瑟夫。他是一个犹太历史学家。公元 66 年时，他指挥兵马，成为加利利地区反抗罗马帝国统治的犹太军队司令，不幸兵败被俘。此君后来投降了，归顺罗马军总部。就是他记录了有关马萨达的史实。

据他考证，在以色列哈希曼王朝，马萨达就修建了原始的碉堡。到了公元前 40 年至公元 4 年的希律王时期，这里开始大兴土木。这个希律王，就是《圣经》中记载的曾想杀害刚出生的圣婴耶稣的那个人。此君的残暴多疑，可见一斑。虽说罗马人一直庇护着希律王，不过来自朝廷内外的敌意和各种潜在的威胁，还是让希律王忧心忡忡，寝食难安。他在辖区内四面八方地睃寻，最后在死海边找到了这座孤独的峭壁之山。他设计了别宫加要塞的格局，为自己备下既可以享受也可以避难的场所。至今还可以看到能够凭栏远望死海的奢华宫殿（那时的死海距离山脚比现在要近很多，景色更为壮观），还有鳞次栉比的仓储室、营房、军械库，等等。天险和人工相得益彰，共同构筑了 1.3 千米长、3.7 米厚的带有很多塔楼的城墙。

希律王死后，罗马人占据了马萨达。公元 66 年，在以色列加利利地区，开始兴起了反抗罗马帝国统治的运动。不堪重压的犹太教徒，组织起来，身佩短刀，在闹市潜伏着，遇到有罗马人经过，就猛地扑上去，白刀子进，红刀子出，专门刺杀罗马人。这种短刀类似匕首，十分利于近战夜战和贴身肉搏，故此他们得了一个绰号——"匕首党"。匕首党英勇骁战，辗转迁徙，从罗马守军手中，一举打下了马萨达。反抗者开始把这座孤零零的山岭，作为反抗罗马大军的根据地，拖家带口聚集到了马萨达。其中艾塞尼派的首领梅纳哈姆在耶路撒冷被敌人杀害后，他的追随者们也逃到了马萨达。梅纳哈姆的侄子爱力阿沙尔，成了马萨达要塞的指挥官。

希律王为自己享乐和防身所度身而做的宫殿，成了犹太教徒顽强抵抗的最后据点。他们在山顶各个地方修筑工事，建造生活设施；把王室住宅分隔成很多小房子，挤住了很多人；还养了鸽子，主要是为了通信联络；还养了鸡，那是为了改善生活。他们还造了犹太会堂、议事大厅……总之政治、军事、生活设施，一应俱全。

公元 72 年，在提图斯占领耶路撒冷并且毁坏第二圣殿 3 年之后，罗马的军队，决定要拔掉马萨达这个眼中钉、肉中刺。希尔瓦率领大约 15000 人的罗马大军，包围了马萨达。马萨达是一座面积并不很大的孤山，把它合围成针插不进水泼不进的铁桶，并不是很难的事情。希尔瓦刚开始没想到这会是一场持久战，他认为山上不过是乌合之众，一看到大兵压境，加上断水断粮，挨不了多久就会土崩瓦解举手投降，或许不费一兵一卒兵不血刃呢。当时马萨达要塞有多少犹太人呢？真的不多，大约 1000 人，其中还有很多妇女儿童。

如此的寡不敌众，马萨达已是在劫难逃。

铁壁合围之下坚守的时间有多久呢？各种记载不一样，有说几个月的，也有说3年的。就人们的感情来说，更愿意相信3年的说法。顽强和不屈，就像河流，旷日持久源远流长更值得人感佩。总之，在相当长的一段时间内，马萨达严防死守巍然挺立，让罗马人伤透了脑筋。他们心生一计，逼迫成千上万的犹太犯人当苦力。驱赶他们运送泥土，沿着马萨达的西壁，修建一道攀缘的坡道。用个通俗点的比方，罗马军队使用浩大的人工，堆砌起了一架斜插山顶的云梯。

站在马萨达西围墙处，迎猎猎罡风，俯瞰这处长堤，会感受到它志在必得的凶险用心。再放眼，可看到山下平坦的大地，有8处呈长方形或是菱形的营盘痕迹，那就是罗马大军的驻扎地。以色列的4月，正是仲春，加之死海地势低洼，类似一面凹透镜，将太阳光聚焦于此，炙热已似镶坑。此刻山风如剌刀般尖锐地剌穿耳膜，全身不由得渗出冰冷。

试想当年的马萨达将士们，也曾站在此处，目睹天梯一天天迫近山顶，那是怎样的惊觉和无奈？其实居高临下地打击修堤的犹太苦力们，并不是难事。马萨达山上有的是石头，现在还堆放着大如磨盘的石弹。抬起石块，一撒手，骨碌碌地滚下去，杀伤力肯定不小。但马萨达山顶的犹太人，觉得修堤的都是同胞，不忍下手。于是索命的长堤，就在罗马军吏的吆三喝四下，在守军眼皮子底下，一天天隆起，不断地长高，终于在某个晚上，长到就要抵达马萨达山顶了。铁打的营盘滴水不漏，土夯的巨蛇红芯吐焰，马萨达的每一个人都明白，末日近在咫尺，最后的时刻到来了。天亮时分，罗马军队必将攻占马萨达。

这一天是 1973 年 4 月 15 日，也就是逾越节的前一天晚上。马萨达首领爱力阿沙尔发表了那篇著名的讲话。

"勇敢忠诚的朋友们！我们是最先起来反抗罗马的犹太人，也是坚持到最后一刻的人。感谢上帝给了我们这个机会，当我们从容就义时，我们是自由人！为了让我们的妻子不受蹂躏而死，让我们的孩子不做奴隶，我们要把所有财物连同整个城堡一起烧毁。不过一样东西要除外——那就是我们的粮食。它将告诉敌人，我们选择死亡不是由于缺粮，而是自始至终，我们宁愿为自由而死，不愿做奴隶而生！"

话语在马萨达上空激荡，如同钢铁的风铃被飓风抽打，坚硬的声响摇撼夜幕，群星颤抖。这是全体殉难的信号。但是犹太教律法规定教徒不可自杀，这就使得如何集体死去，成为一道难题。

约瑟夫在《犹太战争》中，记下了其后的惨烈过程："他们用抽签的方式从所有的人中选择了十个人，由他们杀死其他人。每个人都躺到地上，躺在自己的妻子和孩子身边，用手臂搂住她们，袒露自己的脖颈，等待那些中签执行这一任务的人的一击。当这十个人毫无惧色地杀死了所有人之后，他们又以同样的方式为自己抽签。中签的人将先杀死其余的九人，再杀死自己……那最后剩下的一个人，检查了所有躺在地下的尸体，当看到他们已经全部气绝身亡之后，他便在宫殿的各处放起火来，然后用尽全身的气力将剑刺进自己的身体，直没至柄，倒在自己的亲属身边死去。"

在马萨达遗址中，展示有最后抽签时所用的死签。是考古发掘出来11个陶片。每片上面都写有一个名字，其中一片上写的是 ben Yair，是首领。其余十片可能是抽签出来杀死同伴的人的名字。人们指着第二排第四块陶片说，这就是那个最后抽到死签的人。小小陶片里埋藏着多少深沉的苦痛和不屈！这该是怎样的无畏和担当！

第二天一大早，罗马人以为会遭遇马萨达守军的殊死抵抗，他们披上铠甲，搭好梯桥，对城堡发起了猛烈的袭击，不料迎接他们的只有早起鸽子的咕咕啼声。罗马人走入焦黑的城堡，没有看到一个敌人。正确地讲，是他们没有看到一个活着的敌人。殚精竭虑攻下的，不过是一座死城和960具尸骸。

我凝视着那块写着古老文字的陶片，思绪溯流而上，游走到了1900多年前。

月黑风高死期已定的马萨达山顶。抽到第一次死签（实际上是暂时活着的签。不过这种活着，需要比引颈受死更大的勇气）的十人以外的所有人，和自己的妻子儿女一起躺在地上，相互拥抱，彼此感受着最后的温暖。那十

个人走向大家，锋利白刃一一穿喉而过。很快，地上血流成河。在杀掉了所有人以后，他们又开始了新一轮的抽取死签。那个名字排在第二排第四个的人，领受了这一艰难使命……

思绪集中在最后那个勇士身上。据记载，当时城堡中共有 967 个人。这就是说，第一次中签的十勇士，平均每个人要杀死将近 100 个人，才算完成任务。被杀的人中，不但有共同迎敌苦苦守城的同胞，还有很多孱弱的妇女和熟睡的婴童。杀敌固然是一种勇敢，杀死亲人，更是需要异乎寻常的勇敢吧？连续杀死 100 个人啊，看多少鲜血倒海翻江飙射而出，听多少呻吟嘎嘎作响惨绝人寰！一剑封喉，手腕不能有丝毫的抖动。动作要手起刀落干净利落，任何拖泥带水，都会增添亲人的杀痛……一串串热血烫弯了雪亮利剑，溅满了勇士残破的征衣。

当他们再次把写有自己名字的陶片聚拢在一处后，最惨烈的英雄被遴选出来了。他要继续杀人，鲜血之上，再铺新红。如果说刚才还是一支团队，这一次，他是彻彻底底孤独了，陪伴他的只有呜咽悲风。

他没有退路，只有不眨眼地杀下去，直到静悄悄的山顶，只遗有他一个人浓重的呼吸。他的工作还没有完，还需一个又一个地翻检尸体。如果有人残存一丝生机，他会毫不迟延地补刀，让所有的挣扎都湮灭在黎明前最稠厚的黑暗中。之后，他带上火种四处跑动，将一间间房屋从容不迫地点火焚烧。在火光的映照下，那漫山遍野的鲜血，一定美艳如花。

一切都完成之后，天已经蒙蒙亮了吧？杀人放火，这不是简单的事情。人要一个个地杀，火要一把把地放。人要确保必死无疑，火要力求烈焰冲天。

在微茫的晨曦中，一抹猩红从死海东岸娩出，带着咸而湿的冷冽，一如渐渐暗凉下去的忠魂之血。

现在，他要完成最后一件工作了。他把短刀刺进了自己的胸膛，看着自己的鲜血喷薄而出，和天边的朝霞混为一体。按照教义，作为犹太教的教徒，自杀是不该的。他的忠勇成为叛逆。

死海的日出，有一种惊心动魄的美。死海看起来无比清澈，水的浮力很大，手指在其中摆动，遭遇阻力，好像在黏稠的膏汁中搅动。死海比普通海水浓烈十倍的含盐量，让它成为地球上的奇特存在，你永远无法在死海沉没。在无风无浪非常平静的日子里，死海也会蒸腾似岚似雾的光影。绝不像普通水面在此刻会倒映出清丽影像。

一位摄影朋友说，死海总是莫名其妙地朦胧，在镜头中迷离。这或许因为它无时无刻不在蒸发，水汽抖动……水的盐分太高了，如同烈日下被暴晒的沥青路面。

死海的日出由于这种特殊的地貌，宛如从微沸的油锅里蹿起亿万朵燃烧的火炬，惊世骇俗。无数跳跃的光芒在黏腻的海面上飞速滑行，如同金红翅膀的鲲鹏展开血羽，以迅雷不及掩耳之势席卷而来，俯冲着扑到了马萨达山下。无际光焰卷起滔天银浪，镀亮了山崖。

也许有人会说，既然马萨达的勇士们都集体殉难了，后人如何知道这可歌可泣的故事？是不是编撰出来的？

原来，有两个妇女和五个小孩躲在一处蓄水池里，得以在集体殉难中幸免。一名妇女历尽艰辛，找到了犹太史学家约瑟夫，向他叙述了亲眼所见的故事。人们因此得知了罗马军队破城之前发生的一切。从此，犹太人亡却了家园，足迹从迦南大地上蹒跚远去，背影流散到了世界各地。

在犹太民族的历史上，马萨达从此成为英雄主义的象征。这里曾经以少抗多以弱抗强，当失去赢得宗教和政治上独立的希望之时，万众一心地选择了用死亡代替奴役的命运。这是理想主义的千古绝唱，这笔精神遗产，不仅属于犹太民族，而且属于整个人类，反抗压迫的斗争精神将永远不朽。

以色列国防军每年都会在马萨达举行庄严的仪式，以纪念英烈。在以色列，参军服兵役是每一个公民的神圣职责，男子 36 个月，女子 24 个月，谁也不能当"逃兵"。入伍后的第一课，就是到马萨达瞻仰，这里是爱国主义教育基地。每一个新兵，必得从山脚下沿着那条我望之生畏的蛇道，以最快速度爬到山顶，然后对着飘扬的国旗宣誓。还据说，摩萨德——也就是全称为"以色列情报和特殊使命局"（它是由以色列军方在 1948 年成立的。与美国中央情报局、苏联内务委员会"克格勃"一起，并称为世界三大情报组织）的人员，不单要徒步攀爬这座陡峭的堡垒遗址，而且必须是在夜里，在熊熊火把的映照中起誓。

既然是宣誓，就一定有宣誓词。我听到了两个版本。第一种是："马萨达永不陷落！"第二个说法是："马萨达永不再陷落！"

两个版本，相差一个"再"字。我特别请教了一位希伯来语的博士，她说，那句宣誓词最准确的翻译应该是第二个——"马萨达永不再陷落！"

一个"再"字，寓意深刻。它说明马萨达曾经陷落过，但这样的悲剧，以色列人民再也不允许它发生了。他们必将用生命保卫马萨达，当然也包括整个国土。

"陷落"是一个可怕的词。世界上很多地方很多城市很多国家，都曾经陷落过。原因不外乎天灾和人祸。长安的陷落、罗马的陷落、君士坦丁堡的陷落、巴黎的陷落、南京的陷落……陷落之后是血泊和杀戮，是肝脑涂地和尊严尽失，是文化的倒退和文明的坠毁。

来自大自然所致的陷落，多因为山呼海啸。人世间的陷落，就一定源自有人前来攻占，抵抗不及，于是沦亡。如果杜绝了攻占，就不会再发生陷落。

国与国之间所有的攻伐，说到底，是为了争夺资源和空间。面对无法调和的利益之争时，如果不想进入殊死的博弈，人们通常会说——把"蛋糕做大一点"。意思就是只要利益变大变多，所有参与其中的人都可以多分到一块，可能就会化干戈为玉帛，平息争端，缓和冲突。我以前觉得这是一个好方法，各方各得其所，谁的利益都不受损失。直到 2008 年春夏，我买一张船票环游地球。3 个多月绕地球一圈航行下来，最重要的发现却是——地球这块蛋糕，不可能做得更大了。它就那么大，没有任何法子让地球长个了。

其实，这是一个非常简单的道理，不用走那么远的路，花那么多的旅费，只要坐在房间里用脑筋稍微想一分钟，就彻底明白了这件事。世界上的事情，有时真是诡异。越简单的东西，越是要付出大代价，才能参透。地球上所有发生过的领土之争，说到底就是资源之争、空间之争、尊严之争。巴勒斯坦地区只有3万平方千米，大家都要有生存的权利。为了争取持久和平，为了让每一座城市都不再陷落，是所有爱好和平的人的共同愿望。人类必须找到兼顾所有人最大利益的平衡点，这个星球才能平安。那种为了自己的利益，以剥夺他人的生存权为出发点的"陷落"之战，是再也不能重演了。

我相信马萨达永不再陷落！期待世界上所有爱好和平的人民和地区，都永离陷落！保证这个世界"永不陷落"的支点，原本就掌握在文明人类自己手中。

在微茫的晨曦中，

一抹猩红从死海东岸娩出，

带着咸而湿的冷冽，

一如渐渐暗凉下去的忠魂之血。

如果你没有看到过钻塔

如果你没有看到过钻塔，那你就什么也没有看到过。

斯大林在视察苏联巴库油田时，这样说道。

他鹰隼似的双眼，曾横扫过整个世界的烟云。

石油的开采，已经从陆地扩展到了海洋。当我们应邀去参观渤海油田海上采油平台时，心中充满了渴望。

因为是早晨，因为是向着东方，因为是晴朗的有风的初冬，拖轮便像在一片抖动的金箔之上滑行。船头将金斑搅得灿若火焰，船尾将海面犁出雪白的壕沟。你刚窥到碧蓝的海的肌肤，无所不在的金光就神奇地愈合了伤口，大海重新回到浑然一体的辉煌。

整整 4 小时，我们在波峰浪谷之间摇曳。渤海海面今日七级风，海天一色，蓝得令人感到不真实。四周看不到海岸线，看不到船，看不到海鸥，甚至也看不到鱼。鱼躲在风浪之下，嘲笑我们晕船。

在茫茫大海之中，人极易感到渺小。广袤的自然以它博大的无涯，证实着自己的永恒。我们仿佛回到了地球最初诞生的洪荒。

突然，视野中出现了一个橙红色的点。所有的人都以为那是错觉，海极大地摧残了我们的自信心。但那个点无所顾忌地增大着，并逐渐显示出宛如几何图案般的骨架，无可辩驳地证明自己是一座人工建筑。

渤海油田采油平台到了。

它是一座巍峨的钢铁岛，约有 10 个篮球场大，巨大的钢桩打入海底，直楔入地壳深处。庞杂的采油设备和所有工作人员的衣食住行，便都在这些钢铁立柱支撑的平台上进行。

在平台一侧，有一支迎风飘逸的火炬。在明媚的阳光下，那火焰几乎是透明的。只有从火炬四周淋漓而荡漾的景色中，想见那里抖动着怎样一道炽热的空气瀑布。

"这火炬每天要燃掉 6000 立方米天然气。"陪同我们的平台经理说。

我的第一个念头是：这太浪费了。随即想到漫漫的海路，终于没有吭声。遥想深夜，无论怎样肆虐的风暴，也无法扑灭这地心之火燃起的光明，该是惊心动魄而又灿烂辉煌的。

该上平台了。

登平台有两条途径。一为走吊桥，大致同上下飞机时的金属梯。只是平台吊桥横跨于平台与拖轮之间，其下便是波涛汹涌的大海，走在其上，就有了"蹈海"的感觉。二为乘吊笼。所谓吊笼是一个一人多高的橄榄绿尼龙绳索结成的套子。模糊地说，仿佛一个巨大的空心灯笼。使用时，人站在吊笼底座，双手抓紧绳套，随着升降装置的启动，人便被徐徐吊上了高高的采油平台。

我很想乘吊笼上平台。钻进吊笼中间，也就是灯笼中插蜡烛的地方，周围是网络般的尼龙绳保护，安全而又惬意。

你搞错了。不是站在绳套里面，而是应该站在绳套之外。看出我心思的经理提醒我。

这怎么可能？！站在绳套之外，升空的过程中，你的脚下是大海，你的背后是空气，你全身的重量都维系在你抓住绳套的两只手上，万一掉下去，这可怎么办？！

正是考虑到万一会掉下去，才要站在吊笼绳套之外。这样一旦发生意外，吊笼坠入海中，人才能迅速挣扎出来。不然，绳套包绕着你，你怎么办呢？平台经理安静地对我说。

他很年轻，光滑的额头没有一丝皱纹，性情中却有一种很深刻的镇定。他的眼睛很大、很圆，有着婴儿一样的长睫毛。当他专注地盯着你问的时候，你有一种被深思熟虑的猫注视着的感觉。

我深切地体验到了海和陆地的区别。在泥土的高处摔下，只要你当时不死，你就算活过来了。在海上，这才仅仅是事情的开始。

有过这样的事吗？我不安地问。还没有上平台，我已经感觉到了生活在上面的严酷。

有过。他轻轻地笑了，露出白贝壳一样的牙。我们所有在平台工作的人，都有自救证。

什么叫自救证？我拥有过形形色色的证，但没听说过这种证。

自救就是掉到海里，你能救护自己，坚持到别人来救助你的能力。简言之，就是游泳，乘吊笼，必须有自救证。平台经理不笑了。

我会游泳，但我没有自救能力。我知道，在充满漂白粉气味的游泳池里练就的手艺是经不起大海的考验的。

我们走吊桥，登上平台。

此刻，我们既不是在天上，也不是在地下，更不是在水里，而是实实在在地站在上万吨的钢铁之上，站立在人类的智慧结晶之上。

上了平台之后，我们所做的第一件事是——吃饭。

4 小时的颠簸之后，在洁白桌布的提醒下，我才感到饿了。

餐厅的光线很柔和，闪闪发光的不锈钢餐具，映出我们因为晕船而略显憔悴的脸。菜肴很可口。听说平台上以前有外国专家工作，厨师受过专门训练，还会做西餐呢。

我轻轻地啜着可口可乐。在洋溢着现代文明的午餐之后，觉得这海上采油也并不如想象中艰苦。平台很平稳，感觉不到丝毫晃动，整洁幽雅的环境，使你恍惚置身于设备齐全的饭店。

猛抬头，在一盘水果沙拉之后的墙壁上，钉着一块齐崭崭的标牌。上面印着伸臂蹬脚的小人影像，仿若我们在男女豪华公厕门扉上看到过的标志，洗练而简明，其下有一行触目惊心的黑色字迹：救命胴衣穿着法。

整个石油平台是日本制造的。我不知道这行符咒般的词语是在日文中就这样书写，还是专门为中国人翻译过来的。总之，当你品着可乐而骤然瞥见"救命"二字时，可乐的滋味也就更丰富了一些。

也许是到了自己的下属们中间，平台经理显得很严肃。他拿来一摞平平整整的工作服。

这是特制的防静电服。海上平台有 6 个储油罐，每个 200 吨……他略微顿了一下，以便让我们计算出他的平台上的总储油量。在上千吨的原油和熊熊燃烧的天然气火把之间，防火极为重要，平台上不仅不允许吸烟，连碰撞、摩擦产生的静电火花也是极其危险的，这工作服的纤维里掺有金属丝，可防静电。大家每人穿一套吧。经理详细说明着。

我们每人拣了一套工作服，上衣是蓝色，裤子是灰色，几乎是新的，看来有幸上过海上石油平台的人极少。

我们戴着橙色的工作帽，在形形色色的钢铁管道和玻璃仪表中行走。

石油平台是由高低有致的几大块钢铁部件拼装起来的。假若有一只硕大无朋的眼从空中观测，平台便如组合家具一般，有不同的层面。最高处是直升机机场，它的用途是不言而喻的。

"坐直升机回陆地去，很快吧？"我问。

"是快，不过平台上的人都喜欢坐船。"经理答道。

想起那海上晕船的痛苦，我大不解。

"直升机常摔，去年还死了人，你们听说了吗？"

我点点头。其实我并不知道这里曾发生过空难，不过我理解工人们，长年生活在这处处蕴含着危险的石油平台，他们对危险有着天然的警觉和拒绝。

生活区和生产作业区、储油罐区相互连接又相对独立，中间以金属楼梯沟通。楼梯悬挂在海天之间，类似天险中的栈道。其实楼梯是很坚固牢靠的，梯面由细密精致的金属丝编织而成。但也许正是因为日本人的精致，使那梯面薄得如同纱巾，这在减轻楼梯自重上也许很有好处，但它镂空得透明，踩在上面如同踩在虚无之上，在鞋与鞋的交错之间，你可以明白无误地看到蓝如靛汁的大海，精神便不停地受到挑战。

平台经理领着我们在八卦阵一般的管道中行进。管道较人还高，便有了在青纱帐中穿行的感觉，只是这些铁杆庄稼过于茁壮。到处都是仪表，它们的指针或者凝然不动，只有长时间的观察才能看出极轻微的偏移；或者不安分地摇摆不停，叫人感到片刻之后就会有一场爆炸。想想看吧，原油从海中被吸取，然后被输送、加工、储存，所有的过程都是在密封状态下进行，它的一切成分和变化，都是由仪表和数据显示的，仪表便分外神秘。

我们已经在管道中穿行了许久，我们可以在任何一个最不经意的角落看到仪表，而我们还没有看到一滴真正的原油。

"这平台上一共有多少块仪表？"我终于忍不住问。

年轻的平台经理难得地皱起浓眉，眉心里便有了极细的皱纹。"没有准确统计过。"他的脸竟微微红了，"大约一万块仪表吧！"

石油平台是极讲科学的地方，他为自己提供数字的不精确感到愧疚。

我为我的唐突感到不安。这仿佛是问一位山民山上的石头有多少块，该脸红的是我。于是我转换了一个话题："您是这平台上的最高首脑了？"

"不是，或者说不完全是。我们还有一位平台经理，他和我负有同样的责任。"

我表示很想见一见那位领导，想知道他是否也同样年轻、同样冷静。

"您见不到他，他现在正在床上。"

"病了？"我很吃惊。在这远离人寰的地方生病，一定格外痛苦。

"没有，他在睡觉。"

正是中午，我想象不出，一个年纪轻轻的健康人怎么能在如此明亮的阳光下大张旗鼓地睡觉！

"我们是两班倒，所有人员都是双套，一个班就是 12 小时，下班后就睡觉。"

"12 小时？这未免太严酷了，从马克思那会儿，工人们就为 8 小时工作制而奋斗。工人们没有……什么不同想法吗？"我谨慎地挑选着词句。

"大家都愿意上班。"平台经理又露出了白贝壳似的牙。

"为什么？"我问道。

"因为……寂寞。"平台经理不笑了，他那像婴儿一样纯净的目光中有了一丝悲哀。

平台上有很好的活动室，有乒乓球桌和台球桌，还有电视和图书阅览室。

我们无语地向前行进，前面到了一个岔路口，通往一侧的指示箭头上，用极正规的汉字书写着：逃命通道。

我想到这边看看。

"这是发生海难时的太平门。"平台经理说着，走到了我前面。

我不知前面会出现什么，该不会就这样一直走到海面吧？

在逃命通道的尽头，有一艘救生艇。它像巨大的野蜂巢一样，悬挂在平台的外侧。

"危急时刻，用太平斧将缆绳砍断，艇就自动充气，溅落在海上了。然后我们就自救。"平台经理平静地向我说明。

救生艇是橙红色的，这是平台上应用最广泛的颜色。井架、工作帽和许多重要设施，都是这种颜色。它像那种成熟得极好的川红橘的色调，带着热烈、警醒和淡淡的恐怖感。

"当年'渤二'就是在那里翻沉的。"平台经理指着一个方向说。

那里是湛蓝的大海，有银白的海鸥在飞翔。时间将一切都冲刷掉了，唯有人们的记忆永存。记得当年读一篇报道"渤二"海难的文章，曾说过找到遇难石油工人的尸体时，那里的海面是一片橘红。工人们临死前将自己捆绑在一起以防漂散，橙红色的救生衣就炫目地漂浮在海面上。

我们都静默了，为了已经和将要牺牲在海洋上的石油工人们。

"我到现在还没有看到过原油呢！"我对平台经理说。人类用自己的血液换来了地球的血液，我急切地想一睹它真实原始的面貌。

平台经理打开一处管道，我看到了未经炼制的刚刚从海洋深处吸取到的原油。

它黑如沥青，黏稠得发亮，散发着隐隐的热气。

"可以摸一下吗？"我试探着问，怕它如沸点很高的温泉一般烫人。

平台经理瞟了一眼某块仪表，说："此刻的油温是 35.2 摄氏度。"

我把手指伸入原油，挑起一道亮而黏稠的丝。微温，令人感觉到很舒适。

我想，这就是地球皮肤的温度了。

我们已将所有的工作区域巡行了一圈。虽然是冬季，虽然七级风，我的额头还是沁出了薄薄的水汽。

"这一圈走下来，大约有一千米。"我说。

"一千米要多。"平台经理很肯定地说，"我每天夜里都要这样走来走去。"

刮大风的时候也要走吗？

"刮大风的时候更要走了。我会整夜睡不好觉，惦记着这些仪表。"

在风雨如晦的黑夜，在这波涛汹涌的大海之上，踩在薄的金属楼梯上行走，不知需要怎样的勇气和毅力。

"我想自己单独走走，可以吗？"我说。

"当然可以。"平台经理露出白贝壳似的牙，"只是最好不要打扰工人们睡觉，他们今天晚上要上 12 小时的班。"

生活区的设施很好，工人们的卧室类似火车的软卧车厢，静悄悄的，毫无声息。工人们果真在安安稳稳地睡觉，日复一日 12 小时的劳作，毕竟是巨大的体力支出，白日之下，也酣然入梦了。

我走到一扇标有"医务室"字样的门前。门虚掩着，我轻轻地把它推开。

洁白、整洁、温馨，弥漫着医疗单位惯常的气味。一位年轻的医生正坐在桌旁看书，斜射的阳光将他的脸照得轮廓分明，我看到他嘴边生着细如蜂腿绒毛般的小胡须。

平台上的人们都非常年轻。

他对我的闯入显得有些慌乱，因为我是陌生的异性人。

"我想要一点晕船的药。"我为自己寻找到了一个正常的闯入理由，况且晕船也的确使我心有余悸。

他把药瓶里所有的"晕海宁"都倒给我。

"我要不了这许多。再说，你把所有的'晕海宁'都给了我，平台上的人晕船了，怎么办？"

"我还有呢！"他快活地微笑着，"再说，平台上的人都不晕船。"

哦，平台上的人都不晕船！每次往返 8 小时的颠簸，终日里海风的熏陶，使他们早已忘记了晕船这个本属于陆地的毛病。

"平台上的小伙子们每天工作那么长时间，他们愿意吗？得病的多吗？"我把心中的疑问再次提出，不是不相信，而是希望再次证实。

"工人们都愿意上班，上班时间过得快呀！"小医生明确地嗔怪我的不明事理，"下班后，除了睡觉就是聊天，谁家有点啥事，早八辈子都聊完了。"

"还可以打球、下棋、看电视……我总以为，今日的石油平台比海岛边防生活要丰富得多。"

"打球、下棋总是那几个人，那几套路数，彼此透熟，还有啥玩头呢！"

我想也是。纵是世界冠军和亚军，让他们天天对垒，时间长了，也会充满烦恼。

"那还有电视呢！"我不屈不挠地提醒。

"电视只能看，不能参与。比如亚运会，我们连喊声加油的地方都没有。"小医生的目光暗淡了。

我也垂下了眼帘。他们是现代人，重要的在于参与。现代科学文明的发达，使他们如此清晰地知道世界上发生的任何事情，他们远离世界，永远只是一个旁观者。这样深入骨髓的寂寞和孤独感，这样被封闭、被隔绝的痛苦，非深入其境之人，难以想象。

"在这种环境下，你的病人是不是很多？"我小心翼翼地问。

"不多，我闲得没事干呢！"小医生对自己工作的清闲感到不好意思。"我们的小伙子身体都好得很。"他自豪地说。

我点点头，表示完全同意他的观点。

"只是他们似乎有一种奇怪的病，就是对土地的思念。"小医生的目光显出忧郁，"我们是脚下无寸土之地啊！"

我下意识地看看脚下，墨绿色的簇绒地毯，像春天里一块茂盛的草地。地毯之下是钢板，平台本身就是一座钢铁的宫殿。钢板之下，就是大海了。

他们的脚下没有土地。哪怕在一座最小的珊瑚岛上，你的脚也会沾到土地，土是人类生命的发源地。记得我有一盆气息奄奄的花，眼看无救，便把它从楼上丢到垃圾箱里，被邻居老大爷拾了去。半个月后，待我再看到那盆花时，竟欣欣向荣到不敢相认。我问大爷使了什么绝招，大爷说有什么绝招？！不过是沾了地气。

石油平台上没有地气，你只能听到无穷无尽的波涛之声。这不是在海岸上听到的那种有节奏的惊涛拍岸之声。无论多么大的风浪，你都能从岸边巨雷般的海啸声中感到岸对波涛的阻碍，感到岸的不容置疑的存在。你绝不担心岸会被淹没，岸比海洋永恒。平台上的涛声不是这样，那是一种完全不经意的来自大海肺腑的律动，它无视其他任何存在，无休止地自吟自唱，充满着强大的自信和亘古不变的倨傲。

今天不过七级风，若是刮十二级风，这里又该怎样？石油平台上的年轻人，没有土地的依傍，他们便失去了人类赖以生存的安定感。这是一种深切到难以察觉的付出。

时间已经不早，我们就要离开，就在这时，我有了此次平台之行最重大的发现——在气势恢宏的采油平台一侧，有一架锈迹斑斑的建筑兀立在海水之中。原谅我用了"一架"这个模糊不清的量词。站在这座钢铁凝成的现代化科技岛旁，那建筑局促得实在无法称为"一座"。它寒酸、简陋、低矮、粗糙，像是一节被废弃的火车皮。但是，用不着内行人指点，我们也可清楚地分辨出，那上面也有类似储油罐的装置。

"那是什么？"我讶然至极。

"那是六号。"平台经理回答我。

"六号是什么？"我追问。

"那是我们自己的平台，自行设计、自行建造的石油平台。开始是打的勘探井，当发现有了油气时，就将钻井平台改建成采油平台。平台上的设备百分之百都是国产的。六号一共为国家生产了30多万吨原油。"经理如数家珍。

我凝视着六号。

由于中东海湾局势，向全世界普及了关于石油价格的知识。30万吨原油象征着怎样一笔巨大的财富，每个人都不难计算出。它们真是由这架如此普通的平台贡献出来的吗？

"那上面是什么样子？"

"太简单了！三合板的墙，铁皮盖的屋顶……我们划小舢板上去过。"一位平台工人告诉我。

旧平台默默无言地和新平台立在一起。海浪拍打着新平台，也拍打着旧平台。我在新平台上所感受到的所有孤独和苦难，在旧平台上也一并存在过。没有现代高科技文明的缓释，那苦难一定更尖锐、更持久、更剧烈……

"你们有谁曾在六号工作过？"我问。

人们面面相觑。没有，一个也没有了。在科技日新月异的今天，六号已古老得像一个神话。那些最早的开发者、工作者，你们在哪里？

"可以上去看看吗？"我说。

"不行了。梯子已经锈断，上面很危险，也许哪天一阵飓风就把它埋葬在海里了。"经理告诉我。

我于是向六号久久地行注目礼。

这样的平台，我不知我们还有几个。但我想，我们起码应该保存下来一个，成为一座石油博物馆中最珍贵的展品。让我们的后人永远记住，我们的祖国曾经怎样举步维艰，我们的先辈曾经怎样艰苦创业！

终于要走了。

我们沿吊桥回到拖轮，这才发现拖轮上的所有工作人员并没有跟随我们参观平台。"你们都看过了吧？"我猜测道。"不，我们都没参观过。"他们憨厚地回答。"嗯，那是你们不愿意上去看看了？""不！不！"他们连连摇头，"平台上的纪律很严格，没有特别批准，是不能上去的。听说女人上过石油平台的，只有江青一个人。"

对于这最后一句话，我始终不相信，但石油平台，只有极少的人登上过，我相信这是一个事实。

石油平台与拖轮渐渐分离了。平台上突然涌出了那么多年轻人，向我们招手道别。刚才他们都坚守在各自的岗位上关照那些仪表，现在他们目送我们远去，像黄土高原深处的小村落里的孩子们，目送一辆偶然驶过的汽车。

当平台与我们相距一个适当距离的时候，平台粗壮的铁腿与高耸的背甲，使它像一只橙红色的龟。于是我觉得它很像初民们对这个世界最早的解释：天圆地方，浩洋不息，人类在巨龟背负的息壤上繁衍生长……

大海无垠，人的智慧无垠。

海上石油平台终于浓缩为一个红点，镶嵌在大海尽头，像是海与天孕育成的一颗珍珠。

我看见了钻井，我想，我已看见了一切。

在茫茫大海之中，

人极易感到渺小。

广袤的自然以它博大的无涯，

证实着自己的永恒。

我们仿佛回到了

地球最初诞生的洪荒。

海明威的最后一分钱

  基韦斯特是美国本土最南端的一座小岛,东西长约7.2千米,南北宽约3.2千米,像一只胖而舒适的卧蚕,睡在蔚蓝的海中。战争年代,由于基韦斯特独特的地理位置,这里是兵家必争之地。

  我选择到基韦斯特一游,不是因为战争,或者说,也是因为战争——一位擅长描写战争的伟大作家曾在这里生活过,他就是欧内斯特·海明威。

  半个多世纪以前,声名初起的海明威,厌倦了大城市的繁华生活,想换换口味。小说家约翰·帕索斯向他推荐了佛罗里达州的小岛基韦斯特。这座岛距离美国大陆的距离比距离古巴的距离还要远,地处墨西哥湾和大西洋交汇的水域,岛上长满了红树林、棕榈、胡椒、椰子、番石榴……天空飞翔着蓝色和白色的海鸟，云彩堆积着，巍峨得好像奇异的山峦。海水由于深邃和清澈，变得近乎紫色，赤红色的水母遨游着，和天边的霞光呼应，构成了诡异的光柱。岛上居住着西班牙和古巴的渔民，是早年捕鲸人的后代，民风淳朴。海明威欣喜若狂地说："这是我到过的地方中最好的一个，我一点也不留恋大城市的生活。纽约的作家，那都是装在一个瓶子里的蚯蚓，挤在一起，从彼此的接触中吸取知识和营养，我想躲开他们。"

基韦斯特岛的确非常美丽，让人沉醉而迷惑。但我想不通，在如此妖媚的阳光下，海明威哪里来的心境去描写流血的战争？我有个不登大雅之堂的心得，总觉得作品是某种地理时空的产物，就像野菊花是旷野和秋天的合谋。可能为了迅速纠正我的谬误，夜里，就让我见识到了加勒比海一场骇人的风暴。暴烈的阴云和能够置人于死地的狂雨让我明白了，这里的天空和海洋可以比拟任何战争与和平。

海明威在这座小岛上写下了《永别了，武器》《午后之死》《胜利者无所获》《非洲的青山》《有的和没有的》《第五纵队》《西班牙的土地》，以及《丧钟为谁而鸣》的一部分……这些小说，凿成一级级花岗岩阶梯，送海明威到达了不朽的山巅。

海明威来到基韦斯特定居以后，先是住在西蒙通街，后来搬到了怀特理德街 907 号，现在对游人开放的就是 907 号故居。它坐落在一条短短的安静的小街上，回想半个多世纪以前，这里一定更为清冷。宽大的庭院，一栋白色的二层楼房，绿得不可思议的树和曲折的小径。走进故居，首先接触到的是无数只猫以豹子般勇敢的身姿，在你脚下乱箭般窜动。这可能是世界上最无人管教的家猫了。还有一些猫不成体统地睡在小径的中央，袒胸露乳、放荡不羁。刚开始我几乎以为它们是死猫，它们委实睡得太沉醉了。别看这些猫其貌不扬（以我有限的知识，觉得它们是一些平凡的猫，绝无名贵之种），但它们的血统直接来自海明威当年豢养过的猫，个个是正牌后裔。它们气定神闲、为所欲为，赋予海明威故居以勃勃生机。它们是大智若愚的，对所有的访客不屑一顾，心知肚明，自己的祖上才是这厢真正的主人。

我在海明威的故居内轻轻地呼吸。

这套房子是海明威的第二任妻子波琳的叔父于1931年送给波琳的礼物，海明威在这里生活了8年。房子原先是栋西班牙风格的古典建筑，年久失修，门槛腐朽，墙皮脱落，房顶和窗户也有很多破损。海明威着手组织工匠把房子从里到外来了个大改造。这不是项小工程，尤其是设计方案，有很多是海明威自己完成的。

现在看起来，这是一套舒适而井然有序的房子。我原来以为海明威的写作间是阔大的，按照房屋的规模与格局，他完全有能力为自己做这样的安排。室内的陈设，估计很可能是凌乱的。但是，我错了。工作间异常整洁，面积也不算很大，铺着黄色的木质地板，齐胸高的白色书架靠在墙边，古典的西班牙式的圆形写字台摆在地中央，阳光充足得让人想打喷嚏。在介绍海明威

的书籍里，写着海明威习惯站着写作，他常常把打字机放在书架的最上一层。但在海明威的故居中，我看到的打字机还是规规矩矩地放在写字台上。

海明威还有一个我觉得很女性化的习惯，就是爱收藏小动物玩具，比如铁乌龟、背后插着钥匙的玩具熊、小猴子和长颈鹿造型的小工艺品……我在一些名人故居经常看到的是名贵的收藏品，显示着主人的身份。但是，海明威不这样，他让人看到的是一个大作家的率性和真实。

给我留下特别印象的是海明威的孩子的卧室，地砖的颜色如同韭黄般鲜嫩。解说员告知，这间房屋的设计是海明威亲自完成的，铺地的材料是海明威专门从法国订购来的。

我偷偷笑笑。平心而论，和整套住宅华贵精致的风格相比，海明威为自己的孩子所设计的卧室，谈不上出色。不敬地说，甚至有支离破碎的堆砌之感。但我想，他一定是倾注了极大的爱心，单是把那些颜色暖亮得如同咸鸭蛋黄般的瓷砖一路颠簸地运到这座小岛上来，就让人的心情从感动演化成嫉妒。不是嫉妒海明威的富有，是嫉妒那孩子所得到的眷爱。

海明威的庭院里，有一座露天游泳池。出门就是天然浴场的岛屿，从咸水的怀抱里掬出一座淡水游泳池，即使在今天，也是奢侈。更不消说，海明威是在半个世纪以前一举完成此项工程的。那时，这颗淡绿色的葡萄，是整座岛上的唯一。

在更衣室和游泳池之间的水泥地上，有一块灰暗的玻璃，落满了尘土。解说员将浮尘拭去，让游客看到一枚硬币镶嵌在水泥中央。由于年代久远，币面显出苍老的棕绿。

这就是那著名的一分钱了。在观光手册上写着："海明威曾用两万美元修建这座岛上唯一的淡水游泳池。他说过，要用尽最后一分钱来建造。他做到了，于是在完工的时候，他就把自己的最后一分钱镶嵌在了水泥地上。"

浪漫而奢华的故事。海明威一掷千金为博红颜一笑，有点帅哥的味道。我却多少有些不明白。既然是求奢华享受，就不要这样捉襟见肘。就算捉襟见肘，也不要公告天下。就算要公告天下，也要做得好看一些。这枚锈绿的硬币，歪斜着，尴尬着，好像一张肿了的苦脸。

我把自己的想法对解说员说了。那是一个被热带阳光晒出一身麦黄肤色的青年。他说，自己祖居基韦斯特，对海明威很了解。

那一分钱的真相是这样的。他陷入了沉思。

海明威的妻子波琳执意要建造岛上第一座淡水游泳池。在她，这不但是一种享受，更是一种地位和财富的象征。海明威出于爱，答应了这个请求。家中当时并非富有，两万美元不是一个小数目，海明威抖空了钱袋的缝隙。施工很混乱，预算一再突破。有一阵，几乎要半途而废。海明威殚精竭虑，把最后一分钱都榨了出来，才艰难地完成了这座划时代的游泳池。为了表达这份窘迫和来之不易，海明威把一枚硬币镶嵌在这里。

海水拍打着珊瑚礁。往事已经湮灭在不息的浪花之中。我不知道在众多的海明威传记当中，还有没有更权威、更确切的说法，关于这一分钱，关于这座来之不易的游泳池。

从故居走出，我们在海明威生前最爱去的那家酒吧点了一种海明威最爱喝的酒，慢慢呷着。我想，我愿意相信解说员的解释。因为他那麦黄色的皮肤是一个强有力的注脚。从依然明亮的瓷砖到早已暗淡的游泳池，我在那座葱绿的院子里，除了记住了海明威的旷世才华，还感受着他的率真和独特的个性。

海水拍打着珊瑚礁。

往事已经湮灭在

不息的浪花之中。

浮潜加勒比海

美国本土的最南端，佛罗里达州的基韦斯特岛。我和翻译安妮在夜半时分到达，乘一辆吉普车似的小飞机降落在机场。机场很小，如同郊外的长途汽车站。甚至没有人查验行李，自己动手从传送带上取下行李，然后一头钻进被腥热的海风泡软的黑暗中。

安妮说，你等一等，我去取车。

接待方计划安排得很周到，考虑到小岛上交通不便，特地为我们租了一辆车。安妮从机场问讯处取到了一个密封信封，撕开信封就见到了车钥匙。我们拿着钥匙，拉着行李，到机场前面的停车场去找我们的车。那种感觉好似要进山打猎，有一杆枪和一只属于我们的狗，正在不远处的山脚下等待着新主人。

很快找到了我们的车，一辆红色的雪佛兰。进到车里，很洁净。我说，好像是新车。安妮说，这是美国最普通的车，旧了便租不出去。安妮飞快地驾着车，在寂静的渺无一人的沿岛公路上，雪佛兰如同一颗红色的保龄球，快乐地向前。我们找到下榻的旅馆，一栋美丽的白色建筑。因为抵达得太晚，管理人员已经入睡，录音中留给我们的信息是：××号房间的钥匙，压在门口的脚垫下。祝你们晚安。

在脚垫下摸到了钥匙，走进门，如同刚孵出的小鸡一样的嫩黄色扑面而来。屋顶是黄色的，墙壁是黄色的，连同卫生间所有的瓷砖和洗手盆，都是杏黄色的。这种黄色让人先是不惯后是惊喜。对于中国人来说，明亮的黄色有一种潜在的禁忌，在过去漫长的时代属于皇室，凡人一眼见到，有一种消受不起的惊慌。

然而，还是从心底喜欢，葵花般的兴奋。

由于太晚，料定没有晚饭可吃。刚才在路边的小店买了一种鱼肉做成的沙拉。我和安妮各自住下，我开始吃沙拉，有海水的味道，细腻软滑，浇了一些莫名其妙的汁液，酸而辛辣。

第二天，我们先去参观海明威的故居。街上有很多酒吧，好像每一座酒吧海明威都曾在里面喝过酒。到了一家据说是海明威最常去的酒吧，我们要了一杯酒，据说这也是海明威最爱喝的。我一边喝着，一边觉出自己的可爱与可笑。已经这把年纪了，像是追星的少年。名人坐过的地方，自己也要安放一下屁股。不管海明威喝着这种饮料听到水手讲了多么动人的故事，不论海明威在这种饮料的刺激下萌发了怎样的灵感，我还是要说，那种饮料对我的舌头来讲，一点也不舒服。

缓缓地踱步。在这样的地方快步走，暴殄天物啊！一辆废旧的汽车，浑身贴满了闪亮的瓷片，仿佛无数妖魔闪着银亮的脸，对着天空和海卖弄风情。我说，这是什么？安妮说，这是居民的创造。他们在玩，喜欢瓷片，觉得瓷片好玩，就把它们贴在旧汽车上，让过往的人也欣赏他们的杰作。

我点点头，表示明白，一边在想，不知道我的国家的人民何时能有这份雅兴？

除了参观海明威故居，我们在这座岛上就没有固定的安排了。安妮说，我们怎样来度过这两天？我说，随缘吧。我们就在路上走，看到什么好玩的事，我们就去参加。

于是我们就像两个真正的观光客，懒懒散散、懈懈怠怠地在路上走。我们先是沿岛转了一圈，在美国最南端的标志前照了相，然后在路边无数的小店流连忘返。这是一个纯粹的旅游胜地，店铺也很有特色。我姑且把它们称为"专卖店"。这种"专卖"和一般的理解有所不同，不是专卖男装、女装或是电器，而是专卖"螃蟹""海龟"或是"鹦鹉""壁虎"……这么说吧，你看到一家门楣上镶着一只螃蟹，你走进店门，就会看到各种质地、各种形态、各种样式的螃蟹，比如瓷的、布的、塑料的、玉石的、钢铁的、玻璃的……仿真的、卡通的、夸张的、写实的……红的、绿的、紫的、白的……站着的、趴着的、俯仰的、侧卧的……你会觉得全世界的螃蟹都接到了紧急的命令，到这里来集合，以供每一个游客检阅。看到如此多形态各异的同一种生物，会感觉到造化的神奇和人的想象力的丰富。自然界的螃蟹再稀奇古怪，也是大同小异的，只有人的想象才使螃蟹变换出如此庞大的家族，演绎出万千气象。每一只螃蟹都非常可爱，令人恨不得全部囊括回家。可惜银两有限，只买下一只红色的塑料螃蟹，直径约有半尺，肚腹处一捏，会吱吱作响。心想这样大的个头，如果煮熟的，要卖大价钱。但吱吱响，就有些莫名其妙，权当螃蟹的肚子里寄居了一只小老鼠吧。

我们继续走。岛上有很多 T 恤店。

观光手册上写着，在专卖店中，最受人欢迎的是请店家在素色的 T 恤上加印自己喜欢的图案或是花样，只是价格会因商家的不同而有很大的差异。虽然也有很多相当有良心的店，但也会有一些店家以强迫的方式逼游客买货。通常一件 T 恤是 12 美元，若买得较多，店家会打折。所以购买时一定要砍价，若觉着价格太高不可接受，就应坚决地拒绝。找回的零钱也必须仔细核对清楚，还须留意税金的问题……

这本观光手册是日本出的，看来他们为自己的同胞设想得真够细致周到。

和安妮进了一家小店，店里是五颜六色的 T 恤衫。

我们还没来得及浏览，店主就迎过来说，你们是日本人吗？

我说，不是。

他又说，你们是韩国人吗？

我说，不是。

他突然就很高兴地说，那你们一定是中国人了。

我说，是啊！

他说，我也是中国人啊！

轮到我惊骇莫名。无论从哪个角度来说，他的模样都和中国人相差太远。
我说，真的吗？

他说，当然是真的。我的祖父是中国人，我的祖母是巴西人。我出生在巴西，后来我来到了美国。我的叔叔和表哥、表姐都长得很像中国人，只有我，一点都不像。我很苦恼，可是也没有办法。我总是对别人说，我是中国人，可是大家都不相信。看来，你们也是这样，我很伤心啊！我要证明给你们看。

说着，他掏出了一份证件，说，你们看了这个，就会认为我是中国人了。

我拿着他的证件颠来倒去看了半天，还是不知道从哪里看得出他有中国人的血统。

他说，你看，我的姓里有"ZHANG"的拼法，我的祖父姓张。他说过，无论你们最后成了哪国人，都要有这个"张"字。

那一瞬，我很感动。我说，老乡，那么，我们来照一张相吧。

他说，那太好了。这里是旅游胜地，是富人们来的地方。可是我从未在这里见到中国人。今天看到了你，看来今后我会在这里遇到更多的中国人了。

于是我们合影。合影之后，友好地分手。然后，我慢慢地走，很久默默无言，连买 T 恤衫的兴趣都烟消云散。我对安妮说，这条街上，有各种专卖店。以后，中国人来了，可以在这里开一个从未有过的专卖店，生意一定会非常红火。

安妮说，卖什么呢？

我说，卖"熊猫"啊。这条街上，有卖"马"的、卖"猴子"的、卖"山羊"的，甚至卖"蝎拉虎子"（北方土话，指壁虎）的专卖店，怎么就没有一家卖"熊猫"的专卖店呢？要知道，美国人是很喜欢熊猫的啊！从中国进货，各种"熊猫"，塑料的、铁的、不锈钢、瓷的、棉的、绣花的、毛绒的、竹编的、泥雕的……应有尽有，琳琅满目，品种繁多，绝不输给这街上其他任何一种物品的专卖店啊！

安妮也兴奋起来，说，那是一定的。

岛上有一种小火车，样式很像早年的蒸汽火车，其实是电动的，在岛上像蜈蚣一样慢慢爬行。火车司机兼任解说员，随着车轮的进程，向游客们介绍岛上的风土人情。路过一栋木结构的白色小屋，他就介绍说，这里是"奥杜邦纪念馆"。奥杜邦是有名的大学者，尤其在鸟类的研究方面很有建树。据说在馆内陈列着奥杜邦亲笔所画的鸟类的素描。又路过了一座"灯塔博物馆"，它本身就曾是一座灯塔，建于1894年，据说里面陈设着航海图和早年间灯塔的实用物品。在马洛里街区附近，可以看到名为"小白宫"的建筑——一栋精美的白楼，1946—1952年，由于美国第33任总统杜鲁门时常带着家人和随从到这里来居住，因此得名。

导游看来是很尽职的，说话也有特点。不过，这位司机兼导游给我的印象不大好。因为我不通英语，每逢他说完一段介绍的话，我就要请安妮帮我翻译。我们交谈的声音很小，但导游认为还是影响了他的工作，对安妮说，要她停止为我翻译。安妮很不高兴，说，你们既然不能提供各种语言的翻译，就不应该阻止游客自我服务。导游很会发动群众，面对着小火车上的乘客说，他这样做是为了更好地为大家服务。我赶快劝安妮，说不要因为我坏了大家的兴致。毕竟面对着如此美丽的风景，以心态的平稳为第一重要。

于是，没有了翻译，在以后的长约一小时的旅行中，我如同失聪的人，只凭自己的一双眼睛欣赏周围的风光。最让人心旷神怡的是岛上的建筑，都是白色的，雪白如贝壳，蓝天之下，耀人眼目到眩晕。

下了小火车，我把憋在心里许久的问题倒出来，为什么所有的建筑都是白色的？是否这里有统一的规定？

安妮说，没有。因为从美学的角度出发，这座岛屿上的建筑以白色最为艳丽。为了维持岛上的景观，所有的人都默默地遵守着这条不成文的规定，没有人违反。

这一点让我在意外之余很是感动。美国是一个非常讲求个性化的地方。在其他的小镇，你可以看到，几乎没有一座建筑是雷同的，千奇百怪，呼风唤雨，每个人都在极力张扬自己的个性。但是在这里，不管是自发还是统一规定，反正所有的人都严格地执行着"白色主义"。在成千上万座建筑上，我没有看到任何一座不是白色的外墙。也许屋里依然色彩纷呈，但是，房屋的外观一律是像鲨鱼牙齿一般的莹白。

海明威的故居也参观了，街道也浏览了，小火车也坐了，剩下的宝贵的一天，干什么?

我们在街上的海报中看到了"加勒比海潜水"的项目。身穿潜水服的蛙人吐着大如牛眼的泡泡，身边萦绕着礼花般灿烂的热带鱼，引人遐想无限。我和安妮几乎是异口同声地说，走，咱们潜水去!

潜水教练室在一个曲曲弯弯的小巷里。不知为什么，我和安妮往里走的时候，不安的感觉云雾般袭来。当我把这种想法说给安妮的时候，安妮说，毕老师，我也正想告诉你，我有一种不祥的预感。

我们面面相觑。但是，我们都不是轻易服输的女人，马上就要到潜水教练的办公地了，哪里能打退堂鼓?

潜水教练是一个长着大胡子的高大男人。他嚼着口香糖，漫不经心的样子。他先告知我们，潜水训练需要 6 小时，要交纳 110 美元。我们点头应允，他的热情才高涨起来。我估计他原本以为我们只是一时兴起，随便来打探一番，没想到两个看起来散淡的东方女人真要潜入海底，并非只是说着玩的。

他拿出一摞厚厚的表格，要我们一一填写。那项目真是详细，从你幼时得过何种疾病到祖上的健康状况，都一一涉猎。有无心血管疾病？有无脑血管疾病？有无糖尿病？有无癫痫？有无心肌病？有无关节病……密密麻麻的病名，直看得我这个医生出身的人都惊出了一身薄汗。安妮来得爽快，在所有的病名后面画一个大大的括号，然后写一个大大的"No"字作结。我却没有这番利落，因为表中有几条询问让我觉得须郑重对待。

其一是：你是否有过在高速下降的电梯中耳鸣的经历？

其二是：你是否有过在飞驰的地铁中耳鸣的经历？

其三是：你是否有过在密闭的车厢内耳鸣的经历？

我对安妮说，不幸，我都有过。请你帮我询问一下，这对于下潜是否有影响？

安妮询问。潜水教练回答说，这说明你的中耳和内耳的机能不良。这对于下潜有很大影响。教练说完这些话后，又拿出一张表格让我们填写。安妮看完之后，很是生气。

我说，这上面写着什么？

安妮说，这是一份具有法律效力的文件。如果我们签了字，就证明我们对于下潜中所发生的一切问题都后果自负，和他们没有任何关系。

我说，那么，他们负何种责任呢?

安妮说，他们不负任何责任。

安妮和潜水教练理论，教练海盗般地微笑着，一言不发，脸上所有的笑容都写着一句话：这里我说了算!

安妮慢慢地抓起那几张我们填写过的纸，认真地把它们揉成一团，丢在了地上。

如果我们死在潜水的过程中，他们是不负任何责任的。我是你的陪同，要对你的安全负责，单是这一条，我们就不能在他的文书上签字。安妮对我说。

我说，安妮，你做得很对。我们都有直觉，还是相信我们的直觉吧。离开这里，到安全的地方去。

我们又走在洒满热带阳光的大路上，欢快如初。我们后来找到了乘坐游艇出海的项目。这次不是深潜，是浮潜。也就是说，游艇将游客运送到加勒比海湾内的某处珊瑚礁，让游客们佩戴好蛙鞋和潜水呼吸管，戴好目镜，然后从游艇的中央楼梯下潜，在海中停留约半小时后，再返回游艇，返回海岸。

我买了一件游泳衣，是棕色格子带裙边的，穿上很有趣，有一点像冬天的风衣，很御寒的样子。安妮的泳衣十分漂亮，我们两个在游艇上，一言不发地看着周围的人。他们多是来自美国各地和欧洲的游人，成双成对者居多，看来是夫妻到这里度假的。白种人的皮肤按说是很怕晒的，可安妮说，在美国，如果谁能在周一上班的时候，携带着这种被热带阳光晒得红艳艳的皮肤出现在大家面前，那么大家都知道，他飞到佛罗里达度假了。这是很有面子的事。所以，几乎所有的美国人都趴在甲板上像晾鱼干一样翻晒着自己，唯有我和安妮躲在阴凉里，喝着加冰的可乐。

终于到了蔚蓝海水中的珊瑚礁。我迫不及待地潜下水。哈！真美丽啊！无数的热带鱼在身边掠过，它们经过我的皮肤的时候，好像羽毛刺透丝绸，一种爽滑，一种让人心痒的酥麻，我翻动着自己因为穿了蛙鞋而变得长而丰硕的脚掌，觉得自己像个水怪。倒是热带鱼们见怪不怪，悠然自得地嬉戏着。

那天返航的时候，我和安妮看着天边的云霞说，我们终于潜到了加勒比海的水中，我们还活着，这就很好。

轰先生的苹果树

第一次听说此次日本之行，要在长野县大豆岛的农民轰太市先生家住一天时，半是欣喜，半是忐忑。高兴的是可以由此深入普通的日本人民中，体验一下他们的生活，真是难得的好机会。不安的是，想象中的轰先生是一个很严厉的人，因为"轰"这个姓总使我联想起夏天的暴雨和闪电雷鸣。

一见到轰先生，我就乐了。他是一个非常和善的老人，矮而健壮的身材，好像北方的橡树。他的大脑门亮晶晶的，在明媚的秋阳下，闪着汗珠。他不像常见的日本人，嘴角总是抿得很紧，仿佛时刻都在思索，而是经常忘情地哈哈大笑，好像一个快活的大孩子。

轰先生的家是一所古老美丽幽静的和式住宅，斗拱飞檐，显出一种历史的沧桑感。院落里林木苍苍，各色常绿植物修剪得异常精致，仿佛放大了的盆景，表明了主人不同凡俗的雅趣。

轰先生一家为我们的到来，真是忙坏了。你想啊，一下子来了五个外国人，吃喝坐卧，不是一个小工程。轰先生的妻子绿女士和他的妹妹、儿媳扎着浆洗一新的围裙，为了我们不停地忙碌着。我们品尝着精美的日式菜肴，吃得非常开心。吃完饭，轰先生招呼我们沐浴。

我心中有些嘀咕：天这么凉，要是冻出感冒，再转成气管炎，异国他乡的，岂不麻烦？

没想到，轰先生一家为我们想得周到极了，先是大小浴巾，再是和式睡衣，最后干脆抱来了两大摞长短袖的棉睡袍，堆在地上，好像两座小山。我们全副武装穿在身上，面面相觑，不由得开怀大笑。打趣说，男的都像鸠山、女的都像阿信了。

我们在轰先生家度过了非常愉快的一天。老人家自己种稻田。他招待我们吃的米饭，就是亲手种出来的。我敢肯定地说，这是我平生吃过的最香的米饭了。

我们都夸老人家的米好。他笑眯眯地说，我种的柿子那才叫好呢，全日本第一。我们听了频频点头，心想这样善良勤劳的老人种出的柿子一定出类拔萃。

轰先生接着骄傲地宣布，他种的富士苹果是全日本第二。他说得是那样肯定，我不由得问：是不是进行过正规的全国评比，您的苹果得了银牌？

老人眨着眼睛笑起来说，全日本第一的苹果还没有长出来呢，因为没有第一，所以，我的苹果树就是日本第二了。

我们愣了一下，明白了老人家的诙谐与幽默，也会心地笑起来。不管怎么说，看轰先生的自豪样儿，他的苹果树百里挑一那是没的说了。

吃了午饭，我们和轰先生的文友欢聚座谈。轰先生是作短歌的高手，又是短歌同人刊物《原型》的主编，亦农亦文，深受大家爱戴。

座谈会开得非常成功，但我心里一直惦记着轰先生的苹果树。说起来惭愧，从小到大，我吃过无数的苹果，但还从没有自己亲手从树上摘过苹果。没想到东渡扶桑，到日本的果园来摘苹果，这苹果又是全日本第二，真是一件有趣而又有意义的事情。

我们沿着乡间的小路，缓缓地向轰先生的果园走去。10月的日本晴空万里，干燥凉爽的秋风，带着苹果的甜香扑打着我们的衣襟。远处山峦上最初染红的枫叶，像拍红的手掌，在招呼着我们。

这一带是苹果产地，果然名不虚传。一株株精心培育的苹果树，迎风而立，硕果累累。小路四周的地面，银光闪闪。果树下的土地上都铺着雪亮的金属箔，好像无数面巨大的镜子，用以反射阳光，普照苹果的各个部位。这样结出的苹果不但颜色像玫瑰一般艳丽，而且含糖量高。果园的上空还罩着结实的尼龙网，刚开始我们还以为是防盗，后来一问，才晓得是为了防鸟啄食，这样才能保证每一个苹果都无褶无疤，玉润珠圆。

我一边走一边想，轰先生的苹果树既然是全日本第二，那他树下的银箔一定最亮，他树上的尼龙网一定最大，他的苹果一定像红宝石一般美丽。

正想着，轰先生停下脚步说，喏，到了，你们可以尽情地摘苹果了。

我定睛一看，吓了一跳。这实在是一片太平凡的苹果园。咳！甚至连平凡也算不上的。苹果树上没有遮天蔽日的尼龙网，苹果树下没有银光闪闪的金属箔，树不高大，果不繁密，在周围一大片人工精心雕琢的果园中，显得简朴而随意。树上的苹果因为没有接收到阳光各方面的照射，半边青半边红，远没有想象中那般夺目。

轰先生，这是您的苹果树吗？我半信半疑地问。

噢，我也不知道这是谁的苹果树。不过，你们摘就是了，保证没有人来管你们。别看这树上的苹果不大好看，可它的味道可好了。它里面有蜜！轰先生摇着他聪明的大脑袋，眨着眼睛说。

我们走进果园，七手八脚地开始摘苹果，站在苹果树下大吃起来。平心而论，轰先生的苹果还是相当优良的，甜脆爽口。但因为没有尼龙网和金属箔的养护，果皮上有小鸟啄过的黑斑点，味道也略略有点酸。

人真是不知足的动物。我一边大嚼着轰先生的苹果，一边紧盯着邻居家的果园，心想别人那边像红灯笼一样鲜艳的红苹果，该是更好吃吧。

我们吃饱了苹果，又摘了一兜，才迎着暮色回到轰先生的家。真应了那句中国老话：吃不了，兜着走。

丰盛的晚饭后，轰先生拿出纸笔，文人们开始舞文弄墨了。

我写诗是外行，站在一旁伸着脖子屏息欣赏。

轰先生写下他的一首短歌：

我闭着眼睛，四周一片寂静，

沿着阶梯，走向湖泊的深处，

那里，

有什么呢?

那一刻，四周真的变得十分寂静。听了轰先生的诗句，我的心灵深处有一根琴弦被触动，有一种温暖的感动壅塞喉头。

大家笑着追问老人，在湖底到底会有什么呢?

恰在这时，轰先生的妻子绿女士来为我们送茶，轰先生遂一本正经地回答，那里有美人啊! 说着，亲热地拍了绿女士一下。

我们大笑，为了轰先生的风趣和他美满幸福的一家。

在轰先生家的榻榻米上安睡一夜。清晨，要告别了，大家恋恋不舍地分手。我为轰先生写下了这样一句话："您使我想起了中国神话中的山野仙翁。"

到了东京，在车水马龙的城市人流里，在扑朔迷离的霓虹灯下，我又拿出轰先生的苹果端详。它朴素天然，携一种大自然的清新空气。这其中又注入了轰先生对中国人民的深情厚谊，越发显得沉甸甸了。

我坚信，它是日本第一的苹果。

十月的日本晴空万里，
干燥凉爽的秋风，
带着苹果的甜香
扑打着我们的衣襟。
远处山峦上最初染红的枫叶，
像拍红的手掌，
在招呼着我们。

戴胡子的女法老

法老是对古埃及国王的称呼，在埃及语中称作"佩罗"，现在的读音来自希伯来文的音译。它在象形文字中的意思是"高大的房屋"，后来代指"王宫"，理由很简单，王宫是最高大的房屋。新王国第十八王朝时，国王图特摩斯将"法老"的意思来了一个变化，成了"居住在高大宫殿中的人"，于是"法老"就顺理成章地成了对国王的尊称。

在埃及国立博物馆里可以看到一位法老的雕像，下巴颏儿上长着茂密的胡须，向前探出，好像一块洗袜子的小搓板，十分可笑。

还没等我笑出来，导游说，这是一位女王，她戴着假胡须。

一提到埃及的女王，我等游客做出恍然大悟的样子，知道知道，原来这是埃及艳后克里奥帕特拉。

导游正色道，克里奥帕特拉只是王后，而这是真正的法老，她叫哈特舍特谢晋（通常译作哈特谢普苏特、哈特舍普苏），拥有无上权力的古埃及女王。

女王和王后是有区别的。前者亲握权杖，而后者只是权杖的老婆。

后来，在尼罗河对岸帝王谷众多的祭庙中，看到女王哈特舍特谢晋的神庙是那样美丽独特，据说这也是全埃及最优美典雅的建筑。在卡纳克神庙里，有哈特舍特谢晋为自己矗立的方尖碑，高29.5米，重达350吨。在上埃及阿斯旺的花岗岩采石场，还有一块重达1000吨的未完成方尖碑躺在山坡上，据说也是哈特舍特谢晋为自己建造的，因为开凿中石头出现裂缝才半途而废。

反复听到这位女法老的名字，看到和她有关的遗迹和景色，就对她生出了好奇。查了资料，才知道哈特舍特谢晋在位时间是公元前1490年—前1468年（在位时间还有"公元前1479年—前1458年"及"公元前1503年—前1482年"两种说法），拥有当时世界上最强大的军队、最强盛的经济。她不是傀儡，而是控制着埃及最高权杖的真正的法老。她在执政期间，对内不用严刑峻法就维持了安定的秩序，对外不损一兵一卒就获得了和平。

但女人是不能成为法老的，尽管哈特舍特谢晋才能出众，也无法改变这

一钢铁般的传统。她也颇动了些脑筋，先是在登上王位之前命人为自己编撰传记，并雕刻在大方尖碑上，非说自己是太阳神的嫡亲女儿。为了让神圣感进一步加强，她还在方尖碑的顶部放置了很多金盘，用来反射太阳的光芒，以便向所有人证明她的确来路不凡。

一不做二不休，女法老让她的建筑师把她刻画成一个有胡须的平胸战士形象。每当女法老在公共场合出现，必定是着男装并戴着假胡子，其实她有着柔和的面部，外带轮廓清秀的眉毛和大眼睛，是个十足的美女。

王室的恩怨和历史的偏见遮盖着历史的天空，无论女法老的政绩怎样突出，传统的以男性为中心的社会都是不会容忍一位女性担任法老的，就算她杜撰出了自己是太阳神的女儿这样的神话也万万不行。

结局在传说中是这样被描述的：哈特舍特谢晋刚刚驾崩，一伙军人就袭击了宫殿，把和她有关的一切都毁掉了。神庙中，她的浮雕和塑像或者被砍掉了脑袋，或者被砸断了臂膀。她的墓穴被洗劫一空，神庙墙壁上她的名字被刻意凿平。在整个埃及的官方记录里，和她有关的记载都被销毁了……

哈特舍特谢晋执掌法老的权杖 22 年，古埃及的男人们希望她的这段历史不曾存在过。她的雕像在被焚烧之后再泼上凉水而变得残缺不全，至今还能看到烟火的痕迹。她的名字也从方尖碑上被涂掉，取而代之的是她的父亲、丈夫和继子的名字。

但历史还是记住了这个曾经当过法老的佩戴假胡须的女人。在今天的埃及，在游客们眼中，最美丽的法老神庙是哈特舍特谢晋的达尔巴赫里神庙，最高的方尖碑是卡纳克神庙中赞叹哈特舍特谢晋的方尖碑。正如哈特舍特谢晋自己在碑上所写："未来看到我的纪念碑并讨论我的所作所为的人，切勿说一切不曾发生过，或将它看作我的自我吹嘘，而应当称颂她当之无愧，她的父亲也深感安慰。"

埃及是非常值得一去的国度。你不去美国，不去日本，你还可以想象，而且你的想象基本上是符合实际的。但你若不去埃及，你想象不出那里的神秘。

未来看到我的纪念碑

并讨论我的所作所为的人，

切勿说一切不曾发生过，

或将它看作我的自我吹嘘，

而应当称颂她当之无愧，

她的父亲也深感安慰。

廷布：寻找幸福

不丹的首都叫作廷布，不丹的首都廷布市有多少人呢？说出来可能大家会吃一惊，它只有 5 万人。有的朋友可能会问，这么小一个国家，这么小一个城市，究竟有什么地方打动了你，为什么会选择去这样一个地方旅行？这个问题问得好。人是需要理由的动物，我们在做什么？我们怎么想？我们为什么要这样说？其实背后都有一个意味深长的原因。

不丹成立于 1907 年，历史非常短暂。对于不丹来讲，它目睹了自己邻国尼泊尔的整个发展方向，也以此为借鉴，探索自己的国民发展之路。作为国王世袭制的不丹，统治者是旺楚克家族。现在正在不丹执政的旺楚克五世是一位 80 后年轻国王，长得神似演员刘德华，据说，他在不丹国内受到非常高的爱戴。这位 80 后的国王也与自己的父辈一样，在英国完成学业，毕业于著名的剑桥大学。

不丹如今是民主制国家，国王也要接受议会的监督，如果人民对国王不满，可以通过议会弹劾国王，甚至罢免国王。2008 年年底，现任国王旺楚克五世加冕登基，成为世界上最年轻的国家元首。而他的登基是他的父亲旺楚克四世主动让位的结果。在国际社会，旺楚克四世是一位引人注目的人物。他不仅推动了不丹全国的各项改革创举，而且在自己任上还政于民，使不丹从一个王国成为现在的议会民主制国家。

他的父亲旺楚克四世是在英国的牛津大学读书。旺楚克四世 17 岁的时候，突然得知他的父亲生病去世了，被人从伦敦的学堂叫回了自己的祖国，加冕就任为国王。当时世界上各国媒体纷纷评论，"这个雪山小国有了一个童话般的国王"。但实际上，新即位的旺楚克四世所面对的是一个贫瘠的国家。不丹位于喜马拉雅山南麓的东段，高山峻岭，平均海拔在 3000 米以上，98% 的土地都是丘陵和高峰，20% 的国土终年在皑皑的积雪之下，真实的不丹只是一个资源并不丰富的山地小国。

年轻的旺楚克四世用两年的时间，走遍了不丹的山山水水，同时也在世界很多地方进行过考察，这让他心里充满一个新的疑问：是否要让不丹复制尼泊尔走过的道路？开放自己的国家，然后极力开采资源？这样做对于不丹，又会是福音或灾难？

经过重重的深思熟虑之后，旺楚克四世国王最终提出了关于幸福指数的这样一个概念，它的核心在于，一个国家不能以国民生产总值这样一种金钱观作为唯一的衡量标准，而应以自己的国民是否感觉幸福作为最重要的衡量标准。

　　这几年，我对于怎样能让自己更幸福，也能让别人更幸福的这个问题有点着迷。不丹，这个喜马拉雅山南麓的山地小国，尽管自然条件并不好，国家的收入也不高，可是，他们却提出了一套令整个世界都为之感动的幸福指数的系统。我觉得百闻不如一见，要到不丹去亲眼看一看，看这个号称亚洲最幸福的国家，是否真像人们传说中说的那样幸福？幸福指数是否真的能够在这个物欲横流的时代有那种点石成金的能力，让人们没有钱也能够感受到幸福？

　　等到我真的下定决心要做这件事情时，才发现要去不丹并不容易。首先，不丹至今没有和中国建交。要知道，要前往一个还未曾建交的国家，我们的签证都要送到第三国去代签，出境手续十分复杂。其次，去不丹实在是一次昂贵的旅行，游一次不丹的花销比我们周游欧洲好几个国家的费用加起来还要多。不丹还对前去的旅行者实行了严格的限额制度。也就是说，不丹每年能够接受的外国旅行者的数目大概不超过一万人。如果这一年去不丹的旅行者已经到了额度，那么对不起，绝不再接受新的旅行者。而且，不丹不允许个人的自驾车游，如果旅友还憧憬着背上行囊，风餐露宿地到那里去自助旅游，基本别想，这在不丹是完全禁止的。最后，去不丹就只剩下一种选择，到旅行社组团。

去不丹需要从尼泊尔转机，再从加德满都坐飞机到不丹的首都廷布，中间只有一个多小时的飞机旅行，可是这一个多小时旅程，真是让人惊心动魄。因为当时在我们的旅行团里，突然爆发了一场严重的疾病。刚到达加德满都机场，大家就开始出现剧烈的腹泻，而且还有很多人呕吐。

大约 80% 的团员都感染了疾病，当时我们面临着要么留在加德满都，要么继续坐飞机飞往不丹。最后大家经过商议，决定继续前进，因为此时如果临时改签机票，手续烦琐，实在太复杂。于是这个 80% 成员都是患者的旅行团，毅然从加德满都起飞，前往不丹。

当飞机降落在廷布的机场时，我们去参观的第一个景点，就是不丹的医院，因为整个旅行团此刻已经几乎全被病魔击倒，当务之急就是先到医院里去看病。

这样一来，最先给我留下深刻印象的就是不丹的国立医院，他们的医生都毕业于印度或者英国的医学院，非常专业、仔细。大家应该都有过患病和治病的经验，特别是我们中国人常说穷家富路，出门在外得了这么严重的疾病，治病的钱是绝对不能省的。所以我们一直和当时负责接洽的不丹导游说，赶快拉患者去最好的医院，用最好的药，花多少钱都没事儿。我们彼此还在商量，谁带的钱多，谁的银联卡更好用，我们已经做好心理准备要面对高额的医疗费，以确保团队的成员们能够尽快康复身体。

就这样，一行人在不丹的医院里做了一系列检查，然后输液、化验，医院各方面的治疗措施都做得非常及时。等所有检查事项都做完了之后，我们想到了交费的环节。然而让人惊讶的是，当我们和不丹的医院咨询所花药费的时候，他们非常肯定地告诉我们："没有任何费用。在不丹的领土上，所有人的医疗是完全免费的。如果你们病情进一步恶化，将由不丹政府承付所有费用，送去国外去救治。"

听到这番话，所有人的眼睛几乎都瞪得像鸡蛋那么大。从机场前往不丹的国立医院的路程中，我们一路已经目睹了一些不丹普通居民的生活状态，也看到了沿途的风光。不难看出，不丹仍然是一个发展中的国家，一路上看不到豪华的建筑，也没有巨大的工厂。视线所及之处，看到的是有些贫困的国家。

可就是在这种情况之下，不丹制定了自己的发展策略：全民免费教育、免费医疗，甚至包括国外的旅行者，只要在不丹的土地上患病，他们都全力救治，不取分文。通过这个旅行中的小插曲，我们确实亲身体会到了不丹对于生命权的尊重，以及对所有人生命一视同仁的大爱之心。

不丹并不是一个富饶国家，这个世界上比它实力更雄厚的国家数不胜数。但是我们即便去美国，也不可能享受到作为一个旅行者的免费医疗。欧洲的若干国家甚至会要求旅客在旅行之前，购买最少 80 万的人身保险才肯给予签证。因为如果旅客在当地一旦生病，势必要有医疗保险来支付，而他们是不可能支付的。

在不丹的国民收入里面，12% 的支出比例用来做全民的公费医疗，18% 的支出比例用来做全民的义务教育。

在不丹看到的小孩子都穿得非常整洁，他们所有的学费由国家支付，所有的杂费包括书本、文具也都由国家支付。他们还有非常漂亮的校服，而不像我们国内的孩子们总是身着那种很宽大，类似于运动服，千篇一律的校服款式。他们的在校学生冬天有冬天的校服，夏天有夏天的校服，从毛背心到鞋子，甚至连女孩佩戴的蝴蝶结头饰都是统一配发的。

我曾好奇地问过不丹的朋友们：国家为什么连这个都管呢？他们的回答也很耐人寻味。他们说，因为不丹尊重文化，希望孩子们从小就感受到上学是光荣的，不仅是一件美丽的事情，还受人尊敬。还有一份数据，也特别能够说明这个细节对整个不丹民族带来的影响。在不丹，所有到世界其他国家留学的毕业生，99% 都会返回不丹，他们愿为自己的国家效力。

在后面的日子里，我们看到的不丹人民无一不是面容祥和、性情温柔，看不到任何争吵，也没有剑拔弩张的氛围。后来我回想，对于生命权的尊重，可以在我们内心的深处引发一种安稳感。如果你是不丹的国民，无论得了多严重的疾病，都不会有那种深不见底、不知要花多少钱才能挽回自己或亲人生命的恐惧感；你知道，有一个强大的力量将帮助和支持你渡过难关。这种给予人们内在、深层次的稳定感，而由此生发幸福感，的确是非常重要的。

我们去不丹的时候，恰逢合家团聚的春节。大年三十的晚上，我们在外面参观完了以后，返回途中，就等着收看央视的春节联欢晚会。其中，我们团里有一个人还提议说：是不是跟在不丹的中资机构打个招呼？我们到他们的办事处蹭一下电视看呀，太想看春节联欢晚会了。然后，大家很快就互相提醒：哎呀，在这里哪有什么中资机构，我们国家在这里连大使馆都没有。之前已经介绍过，不丹和中国并未建交，所以当时我们感觉有些遗憾。在这样一个合家欢度的除夕之夜，自己却身在异乡，连中国家家户户正在观看的春节联欢晚会都看不到。然而，当我们风尘仆仆地走回宾馆时，发现宾馆所有的工作人员都留在那里，等着欢迎我们。

后来我们才知道，不丹习俗过藏历的新年，恰好我们过除夕的那一天也是他们的除夕，大年初一那一天也是藏历的新年。对于非常注重亲情的不丹人来说，这一天也是他们合家团圆的重要节日，可是所有的工作人员却为了远道而来的我们一直等候在宾馆里。我们到了以后，他们表情有些腼腆地说："按各位家乡的习俗今天是应该吃饺子的，可是我们不会做，不过我们一起学着包了你们的饺子。请尝一尝，不知道合不合口味。"等服务员端上来一看，果然正是饺子。

在我看来，他们用心准备的不仅仅是一顿饭，而是一份深切的情谊。接着，宾馆的工作人员还请我们到一旁休息，说已经把电视机调好了频道，此刻正播放着中央电视台的春节联欢晚会，连入座的椅子都为我们摆好了。在那一刻里，我们的感动又加重了一分。经过这样一个旅行中难忘的插曲，不丹的廷布给我们留下了非常美好的印象。

不丹人还有一点给我留下非常深刻的印象，那就是淳朴。我曾经在2008年的时候坐船环游世界，环绕地球一周，途中经历了几十个国家。再加上以前零零星星的国外访问，我已经去过世界上很多地方。可以特别坦白地说，没有一个不要小费的地方，即便是朝鲜和古巴这样的社会主义国家。如果现在参加旅行团前往朝鲜，你还会看到通知书上非常清楚地写着需要交多少小费。去古巴也是如此。

唯有在不丹，我曾请一个当地人帮忙提行李，当我把小费给他时，他坚决不拿，带着一脸淳朴的笑容，不停摇头。我想可能不好意思当面拿吧，于是就把准备好的小费放在行李的拉链上。那个拉链是环状的，我把准备好的小费插在环中心，心想当他过来提行李时，搬运过程当中，可以顺便把钱收走，这样彼此都能心安理得了。过了一会儿我再去看，行李已经放在了应该放的地方，可是那一块钱仍然还在风中抖动。

早上出发的时候，我把准备的小费放在电视的遥控器上。这是我在世界各地付小费时通常采用的标准放法。如果放在隐蔽的角落，房间服务员可能会看不到；如果放在非常明显的地方，又显得对人不够尊重。放在这样一个既能看见，又不是特别打眼的地方，我想这也是对服务员的一种尊重。

但是出去旅行一天回来，我回到房间的时候，看到那一美元居然原封不动地在那儿。难道打扫房间的不丹服务员没有看到？第二天，我特意把它放在台灯下面。宾馆的服务员每天都要擦桌子，擦拭台灯时肯定会注意到。我想这回他应该看到了吧。可是第二天回来，那个淡绿色的一美元依然还压在台灯下面。

我大惑不解，不得不去问我的邻居——团友们：你们的小费付了吗？他们说付了。我又问服务员要了吗？他们说没有。在那一刻我真的感到很惭愧，面对如此清澈的心灵，我们的想法反倒有些龌龊。

旅行团发给我们的不丹旅行册上这样写着：在不丹，不要付小费，也不要给不丹儿童糖果，那样你会毒害了他们的心灵。当时我心想这可能只是一句客套话吧，不丹有地主之谊，当然可以对来访者提出这样的劝告。但是对我们来说，出于礼貌也于心不忍，难免要表示下心里的感谢。

通过这几件事情之后，我真的觉得在我们这个地球上，有很多很多的国家，有各种不同的意识形态，但唯有在不丹，才可以感受到那种真诚的、发自内心的友善。我想这可能也是一个侧面的最好案例：证明不丹能够让自己的国民拥有无处不在的幸福感。人一旦拥有温饱，也会拥有尊严；人拥有安全感，就有了存在的价值，在自己幸福快乐的同时，给予别人更多尊重。

我曾在不丹国家邮局买到过一份非常珍贵的藏品——CD 邮票。这是不丹的卓越之处：他们出产全世界独一无二的 CD 邮票。这个邮票不但可以贴在信上，把信件寄回自己的祖国；如果把邮票揭下来，就会放出非常好听的不丹民族音乐。邮局的工作人员还负责给游客照相，然后制作非常有个性的邮票。购买时还发生了一个有意思的插曲，邮票刚做了一半，工作人员突然说，我做完这个邮票，就不做后面的邮票了。

大家很疑惑，这是为什么呢？现场有很多人还在排队等候呢。不丹邮局的工作人员非常温和地告诉我们：已经到了下班的时间，我要下班了，要回家去和家人吃饭。下午两点半的时候我再来上班，请你们那个时候再来。不丹人的生活观就是如此，不会因为很多人在排队，能够多挣一点钱，就放弃自己的休息时间。

按照国外最新研究结果，什么是贫困？现在已经有一个很新的概念：那就是贫困不仅仅意味着没有金钱，还要看丧失了多少时间。今天的社会远比过去富裕，特别是多数发达的国家，已经积累了巨大的财富。可是有多少人在获得财富的同时，也丧失了时间，丧失了自己自由发展的空间？这种新的关于时间贫困的理念，也是在向我们敲起警钟。不丹人民在这方面就做得很好。视线所及之处看到的人都充满了善意，充满了一种既为人着想，又坚持自我空间的生活节奏。

我们在不丹下飞机，过海关的时候，看到当地的官员全部穿着一种特别的服装，有一点像我们的藏袍。男士的叫作帼，女士的叫作旗拉，都是用那种普通的小格子布做成的。我当时以为那天是他们的节日，所以穿得那么隆重，还问："哎，今天是不丹的什么节日呀，大家都穿上了民族服装？"后来我们才知道，原来不丹规定：所有的公务员上班时都必须穿着民族服装，国王也不例外。在不丹的大街小巷到处都可以看到张贴着从旺楚克一世、二世、三世、四世，到现在的旺楚克五世国王的肖像。

再讲一个不丹的小故事。

我们曾去参观当地最大的"宗"，"宗"就是政府的意思，它是类似于布达拉宫那样的一个高大的建筑。当我们到了那儿却突然被告知：由于当天是不丹的除夕，工作人员均不办公，游客只能改日再来。当时我们觉得奇怪，以为不办公的只是看管这个宗政府的工作人员。然而并非如此，是因为这一座古迹现在仍然在使用当中，所有不丹现在的官员也都在里面办公。因为那天是节日，所以里面也不上班，大门紧闭就不能进去了。

这时，同行的一个朋友提议给我照张照片。我坐在台阶上，后面就是不丹的宗政府，明明近在咫尺却没法目睹不丹政府的内景。我觉得挺遗憾，心想怎么办才好呢。

我们团里有个朋友说想去沟通一下试一试，他找到了负责看管这个宗政府的一个卫兵。我的朋友跟他说："你的责任是看管宗政府，但你知道你还有另外一个责任吗？"那个士兵说："我不知道。我的责任就是看管宗政府。现在已经下班了，你们不能进去。"于是我的这位朋友就跟他说："你还有一个责任，是所有不丹人都有的责任，那就是宣扬不丹的文化。我们是从中国远道而来的朋友，特别想参观你们的古迹，欣赏你们的文化。你现在可以决定是要帮助我们宣传不丹的古老文明，还是让我们就这样失望地返回。"

我看到那位年轻的不丹士兵脸上露出思索的神情，过了一会儿，他对我们说："好吧，你们进去吧。"他打开了红墙、白墙之上的一扇大门，我们最终如愿以偿地进到了这个宗政府里面。

所有经历的种种都让我对不丹无比喜爱，它是一个既有古老的文化，又有着不同凡响、崭新思维的国家。不丹的人民既具备淳朴与温顺的品质，又有灵活与变通的思维。

在旺楚克四世国王的倡导之下，不丹的首都廷布专门成立了一个机构叫幸福指数研究所。这个幸福指数的研究所提出了一项非常缜密的计划。第一步，它设立了一份试卷，发放给全国人民，看人民对于幸福有什么看法，有什么希望，以此思考怎样才能让人民感觉到更幸福。这份试卷，一共有290个问题，当我把这290个问题都打印出来的时候，足足用了34张纸。当我把这34张纸摆在一起的时候，在那一刹那间，我仿佛感觉到，它像是藏着很多幸福秘密的一匹土布，而且是由不丹人民把它织出来的。里面有一些问题真的深深地击中了我，比如这个，你可知道你曾祖父母的姓名？

特别坦率地说，我真的不知道。我知道自己祖父母的名字，但是我不知道曾祖父母的名字。我看着这道题，心里涌上深深的遗憾。我觉得今生今世，可能很难有机会把这一个巨大的遗憾弥补起来，因为他们已经湮灭在历史的烟尘之中。或许我们心里会觉得，如果自己的曾祖父母或者高祖父母或者更高的祖父母是名门望族的话，我们可能会记得，但如果像我的曾祖父母一样，都只是普通的农民，我们就会将他们淡忘。

在不丹的幸福数据统计试卷里，为什么会有这样的问题？我思考之后发现，其实它关系到我们从哪里来。热爱自己的民族，热爱自己的文化，热爱自己的历史，这并不是一个空洞的概念。它要有细节来支撑，要落实在很多很多这些看似不起眼却和我们息息相关的问题里。所以我觉得不丹非常有远见，"爱护我们的文化，保护我们的文化"，在此不是一句空洞的口号，而是化为了这些具体的行动。

如果有谁看到了这本书，如果你有兴趣的话，如果你记得这个问题，请你赶快回去，去问问自己的爸爸妈妈、爷爷奶奶，去问问自己曾祖父母的名字。他们一定在这个世界上存在过，否则就不会有我们今天的生命。他们虽然是普通人，但是我们的历史、文化正是由一些伟大的人和我们父辈这样千千万万的普通人共同缔造出来的。我想这也就是不丹这道问题给予的深刻启示。

不丹的幸福问卷里还有其他一些看起来很奇怪的问题，例如，你今年种树了吗？看到这个问题，我愣了很久，因为今年我没有种过树。当然，我曾经种过树，可是我们应该年年去种树啊。对不丹而言，它是一个山地的国家，森林覆盖率一直在 60% 以上，但是它仍然对人民强调绿化自己的祖国。

据说这是由于不丹在之前曾走过少许的弯路，把砍伐森林作为经济发展的一个支柱，结果当时不丹全国的森林覆盖率一下子降到了 60% 以下。但是在这项非常严格的恢复植被的措施作用之下，不丹现有的森林覆盖率已经达到了 72%，绿化、保护水土的制度已经写进了宪法。

大家可能会好奇，不丹资源有限，森林那么多，如果不能砍伐，那不丹靠什么来维持经济呢？答案是水利。不丹位于喜马拉雅山的南侧，地势险峻，落差极大，河流从一个高耸的山峰，不停流动到另一个峡谷的地带，水利资源十分丰富。虽然知道水利是不丹的经济命脉之一，可是在那些天的旅行当中，我们却没有看到一处水电站。这点当然很好奇啊，我们就问了本地人，水电站都在什么地方啊？据说你们靠水力发电卖给其他的邻国，这是不丹的一个强大的收入。可是沿途为什么看不到水电站呢？

一路问过来，不断听到有人告诉我们，不丹的水电站全部建在地下。这是为了保护植被和不丹的水源。

在不丹首都廷布的周围，当我看着那奔腾欢畅的、无比清澈的河流的时候，一种既羡慕又对我们国家水土污染的现状深深遗憾的心情油然而生，非常复杂的情感。

我想，在我们祖国的土地上，也许在人迹罕至的深山密林当中，还有这样清澈的河流吧。但我敢说，在我们大城市的周围，再也看不到如此清澈的河流，水很深且透亮见底，里面游动着欢快的鱼儿。

不丹的文件里面明确规定，由于喜马拉雅山系属于年轻山脉，不丹所处的地理环境十分脆弱，人民不得去捕捞河里面的那些高山鱼。这种鱼的生长非常缓慢。不丹像爱护眼睛一样爱护着他们的环境，爱护他们的传统文化。

不丹的幸福调查问卷里面还有一些其他的问题。例如，在最近一年当中，你捐款了几次？我曾看过国内一些机构组织的关于国民幸福指数的调查，但是关于慈善方面的内容，几乎没有看到。

一个国家该怎样引导自己的国民？在我们发展的过程当中，不仅要使自己快乐幸福，还要顾及民族的文化，顾及历史，顾及他人，顾及环境。我想这就是不丹所给予我们的非常重要的启示。

在不丹的时候，我看到家家户户都挂着一种门帘，觉得很漂亮。后来我特意咨询不丹的友人，上面的图案是什么意思呢？他们告诉我，最底下是只大象，在大象的身上是猴子，猴子的身上是兔子，兔子的身上是一只鸟，在鸟的上面还是一只鸟。画面上还有许多鸟，还有很多很多的树，却唯独看不到人。

我问不丹的友人，人在哪里呢？他告诉我说，这个图案代表的是不丹人眼中的一个吉祥、平和的世界。他说这个世界不仅仅是人的，而且是大象的，是猴子的，是兔子的，是鸟的，同时也是人的。我想正是由于这样一种思想的指导，不丹才能和它的山川、动物和皑皑的雪峰、清澈的泉水、碧绿的森林和谐共处。

在地球上，尤其是经济发达的国家，人们已经把国民生产总值当成一个最重要的指标。可是如果人们忘记了拥有的文化，如果污染了山川和河流，如果冷淡了彼此之间的亲情，如果已经失去了那种仁爱慈善之心，这样的发展对人类到底是一个福音还是一个灾难呢？我觉得不丹人已经给出了他们的答案。

不丹的这种坚守，这种特立独行地去完成人和自然和平共处的理念，越来越受到全世界的经济学家、社会学家和政治家们的关注。在一位英国学者做的相关统计里，不丹的幸福指数在全世界排名第八，整个亚洲排名第一。我想我从这次的亲身经历里，也的确感受到了不丹人民的幸福。

1933 年，英国有一位作家叫希尔顿，他写了一部小说叫作《消失的地平线》。在书中，他提出了一个香格里拉的概念。从此以后在世界上，香格里拉就代表着拥有古老的文明，又有自己独特的生活方式，祥和美丽的地方。

我们在不丹旅行的时候，常常会听到有人说，这个高山小国是世界上最后的香格里拉。

2009 年的时候，梁朝伟和刘嘉玲在不丹首都廷布举行了他们的婚礼。那座豪华的酒店叫作乌玛酒店，我当时问不丹的友人乌玛是什么意思。

不丹的导游给出的解释是：乌玛在不丹的语言里，是大路的中央的意思，我很喜欢这个解释。希望不丹有关幸福指数的这个理论，能够为我们人类今后的发展，开辟出一条大路。

在不丹，不要付小费，也不要给不丹儿童糖果，那样你会毒害了他们的心灵。

加德满都：直面生死

　　中国有句俗话——远亲不如近邻。在我们祖国周边，有一些和我们非常紧密毗邻的国家，比如尼泊尔。这个世界上每个国家都有自己的国旗，但是尼泊尔的国旗和任何一个国家都不一样，尼泊尔的国旗由两面三角形组成的，国旗的旗面是红色的，代表他们烂漫的国花杜鹃；国旗的边缘是蓝色，代表天空与和平，在它的上面还有一句古老的梵语，翻译过来就是——母亲和祖国重于上天。

　　我们从成都出发，坐上飞机前往尼泊尔的首都加德满都的时候，就开始了一次壮丽的旅行。这条航线是整个世界上唯一一条飞越珠穆朗玛峰的航线。亲爱的朋友们，如果有一天你去尼泊尔，记得一定要选择飞机右侧的座位。

因为只有在那一侧座位上才会看到苍茫的青藏高原，才会从我们这个星球上的最高峰珠穆朗玛峰一侧飞过，在整个青藏高原的飞行大概需要半个多小时，可以尽情地欣赏皑皑的冰川、高耸的雪峰。

当飞越了珠穆朗玛峰以后，飞机开始急剧下降，这时空中小姐告诉我们，马上将降落在尼泊尔的首都加德满都。加德满都位于谷地，别看这块谷地的面积不大，却集中了七处世界级的文化遗产。加德满都的朋友对我们说："在我们加德满都，神仙比人还要多，庙宇比住宅还要多。"当然这话或许有一点夸张。但是我们也可以从中得到一些讯息：在加德满都将会看到各式各样的"神仙"，看到他们的庙宇。朋友们对我们说，加德满都一共有三个杜巴广场，到加德满都来一定要去看杜巴广场。我问杜巴是什么意思呢？他说杜巴的意思就是皇宫。

既然有三个杜巴广场，顾名思义，加德满都也就是有三个皇宫了。可在我的印象中应该是一个王国，对应一个国王、一个皇宫才对，皇宫的广场也应该只有一个吧？要解开这个疑惑，得从加德满都那长长的历史说起，加德满都在几百年前曾分裂为三个不同的王国，当时的老国王分别给三个儿子都分封了面积稍小的王国，所以到今天加德满都设有三个杜巴广场，最大的那个广场叫作老皇宫广场。

当我来到这个老皇宫广场，导游给我们下达的指示特别有意思，他说：

"这里的神太多了，介绍不完；庙太多了，也没办法领旅行团挨个儿参观，不如就地解散，你们自己去看各式各样的庙宇，但是记得到下午4点整，一定要集合，我们将去看一位活着的女神。"

我们纷纷猜测活女神难道真的是一个人吗？尼泊尔的友人说，对啊，是一个人，而且是一个女孩。我们又追问，她真的有神力吗？他说，对啊，对我们尼泊尔人来说她就是至高无上的神。我们接着问，那这个神是怎样来的呢？他说，等你们看完了活女神之后，再来慢慢地和你们讲。就这样4点钟的时候，我们集合前往活女神庙。

这个活女神庙外表看起来并没有特别之处，它的大门很小，还有两个狮雕在门的旁边守卫着。尼泊尔的狮雕并不是那种看起来非常冷峻、威风凛凛的狮王形象，而是模样温顺，全身涂满色彩的狮子。由于年代久远，狮子身上原本斑斓的色彩已经褪色不少，更显出一种沧桑与温和感来。这是一座完全由木头雕刻的神庙，进去以后会让人觉得眼花缭乱，充满真心的敬佩。只有在尼泊尔，在加德满都，在那已经逝去的几百年前的岁月，才能造就这样的神奇。神庙里的一切都在向人们展现着这里曾经无比富足，这里的人民曾经生活祥和，这里的工匠心灵手巧，他们用足够的耐心把一块普通的木头雕刻得精美无比。

等啊，等啊，4点钟终于已经来到，有人告诉我们，那位活着的女神，一会儿就会出现在第二个窗口，或者第三个窗口。但她只停留一分钟，如果不仔细地看，女神就惊鸿一闪，再也看不到了。于是我瞪大了眼睛，一直专心地盯着那个窗口。4点钟很快到了，我不解地问那位友人："女神为什么还不出来？"尼泊尔的朋友说："因为她是神，可以不遵守世间的时间。"于是我们只好又耐下心来，目不转睛地盯着那个窗口。

突然，期待中的女神出现在了窗前。我们进庙宇的时候，被告知当地有非常严格的规定：任何人不准对女神拍照，所以我们没法拍下当时的情形。不过在加德满都的一家店里面，看到有出售活女神的图片，我就买了一张，所以大家现在可以看到这位美丽的女神。我想看到活女神的朋友们一定会惊讶：这位活女神不就是一个小女孩吗？对，这位女神是一个四五岁的小女孩，在2008年从民间选出来的，到现在已经继位了4年多的时间。尼泊尔的这种选活女神的制度，对于我们来说真是陌生又好奇。

尼泊尔的活女神是怎么选出来的呢？一共有32条标准，挑选制度非常严格：牙齿不能有一颗脱落；眼睛要像牛的眼睛一样，非常清澈和明亮；头发要非常漆黑，眉毛也要非常整齐；手指指甲都要像贝壳一样晶莹。总而言之，必须是外貌毫无瑕疵的女孩，才能够进入最后的遴选过程。活女神的生辰八字、星座也一定要和尼泊尔国王的星座相吻合。除了这些以外，这些四五岁大小的小女孩，还要经历一个非常严酷的考验：那就是必须不怕黑暗，不怕各种牛鬼蛇神，不怕巨大的声响。

怎么样考验这些女孩呢？在深夜的时候，让这些小女孩待在一个完全没有灯光的大殿之中，她们的周围摆满各种血淋淋的作为祭品的动物的头颅。同时还有一些人戴上恐怖的面具，怪叫着在她周围出没。如果一个四五岁的小女孩，面对这样的考验时，她还能保持镇定，不哭闹也不叫喊，而且非常安静地待到天亮。这样的人才能被确认为女神。

　　关于活女神的传说很多，大多数都和玛拉王朝最后一位国王泽雅普拉卡施·玛拉有关。相传两百多年以前，泽雅普拉卡施国王在与女神塔莱珠玩骰子游戏时，看见女神容貌美丽，谈吐睿智，心生爱慕之情，可是天上的神仙可以读懂凡人的心思，女神看出国王有不良之心，十分生气，然后放下正在玩的骰子，扬长而去，从此不再庇佑尼泊尔。从此尼泊尔年年战火纷乱，风雨交加。

　　这位国王意识到自己的过错，不断向上天忏悔，说："女神呀，请你赶快回来吧，我再也不会对你动邪念了。"天上的女神听到了国王的忏悔和祈祷，决定重新返回尼泊尔，但是她对国王说："这次我不再以我的真身返回，我将在释迦族的小女孩身上投胎。你要寻找我，就去释迦族 4 到 5 岁的女孩之中去寻找我的化身。"从此以后，国王就开始在全国的范围内，寻找女神的化身。

　　当被选出来的女神化身进入女神庙以后，她的脚从此再也不能沾到地上，所有的行动都是被仆人们抱着。按照尼泊尔历，每年9月的时候，就会有一个盛大的节日，叫作因陀罗节。因陀罗节的时候，活女神会出现。然后向国王赐福，向整个尼泊尔赐福。看到这儿可能大家会有疑问，当选的活女神生活在女神庙里，过着如此丰衣足食的生活，那么之后呢？

活女神一旦选入宫内，她的任期是有时间界限的，就是如果这个女神得了病，或者是由于慢慢长大，到了女孩子的生理期，身上开始流血，那么她的女神生涯就结束了，必须退位。皇室的有关人员就要继续从民间去遴选新的女神。由于现在女孩子青春期的发育比原来要早，早期的活女神从入选时的四五岁算起，大约可以在位七八年，甚至更久的时间，但现在，也许十来岁的时候就要退休了。

活女神是要退位的，那退下来之后的生活该怎么办？在尼泊尔两百多年活女神的历史上，那些退位的女神，其实多半境遇悲惨。她们居住在女神庙里的时候，常年见不到亲人，因为她们已经是神，不能接触尘世的凡人，即使亲人也不例外。

直到近年才开始获得特别的恩准，活女神的妈妈可以每星期或两星期，去看望一次自己的女儿，但也不能表现得非常亲热，因为她见到女神的时候，不能以女神妈妈的身份，而是以一个去叩拜的俗众的身份。

活女神从来没有玩伴，每天早上起来，第一件事情就是化妆，然后穿上厚重的女神服，等待着去给她的民众们赐福。活女神平常不能走出这个阴暗的女神庙，因此当她退位的时候，没有掌握任何生活的技能。此时的活女神也不会和别人打交道，因为原来她一直都是高高在上，匍匐在脚下的所有人都是卑微的仆人，对她一呼百应，如同真的拥有神力一般。

　　当退位的活女神重新回归普通社会的时候，常常遭遇到非常大的困难。去上学只能从最低的一年级开始，因为她没有任何的知识基础。据说后来，有一位活女神的爸爸不断地给尼泊尔的皇室递信件申述，说无论如何要让我的孩子在做活女神的时候，学到一点知识。于是从 2000 年开始，尼泊尔才决定活女神可以接受教育。退位的活女神悲惨的还不止这些，在尼泊尔的民间还有一种传说，说谁娶了退位下来的活女神，谁就将遭遇不幸，他会在 6 个月之内口吐鲜血而死。早期退位的女神，没有人敢做她的丈夫，然后这些女神只能终老闺阁。

　　对尼泊尔现行的这样一种活女神的制度，其实有很多人，特别是西方的女权主义者提出了很大的抗议，说这样对儿童的利益有所侵害，而且对女性的利益也有所侵害。鉴于此，尼泊尔已经做了很大的改进，现在活女神可以一边做着女神，一边还有老师教授各方面的知识。过去退位以后，活女神只能得到一身当女神时候穿的衣服和一块金币。大家不难想象，一个没知识没生活能力的女孩，又没有人敢娶她，一生真的很悲惨。

但是新政实行以后，活女神退位了回归到普通人的社会就会顺畅很多，她们可以去上学读书，其中有一位女神甚至读到大学毕业，还拿到了一个学士的学位，这在尼泊尔是大家都非常高兴的事情。

有记者曾采访这位退位的女神：从人人敬仰的女神回归普通人，到现在的大学生，还出了一本书，你怎么看这个制度？这位活女神说：我一辈子过了别人两辈子的生活。我曾经是神，可以去俯瞰众生。现在又做回一个普通人，生命因此变得很丰富。

大家又问她，当你12岁退位时，才从一年级上起，会不会觉得很吃力？她说真的很吃力。她说，从前我一说话一呼百应，现在却变成了一个12岁才读一年级的普通学生，心里也觉得很不是滋味，可是我父母领我去看了之前退位的一个活女神，那个女孩现在每天什么事情都不做，就是对着镜子化妆，然后回想自己当年高高在上的岁月。她说，这个真实的案例给我的感觉就是，我不能这样活，我一定要努力学习，过好自己的人生。

下面我想说的是在心中留下深深震撼的一件事情。那一天，暮色苍茫，我们整个旅行团一共有十几个人，导游说，今天傍晚，我们将到加德满都的圣河，去看尼泊尔最大的火葬场，你们将看到整个焚烧尸体的过程。听到这句话，当时我们这个团就像炸开了锅一样。有人说，尸体的气味会不会很难闻？有人说，焚烧的场面肯定非常可怕，还有的人直接说：我不想去，坐在车上不下去，行不行？经过重重争议，最终，旅行车还是带着我们一行人向巴格马蒂河开去。

巴格马蒂河是尼泊尔的圣河，在它的河畔是加德满都最大的印度教的火葬场。它成为一个火葬场已经有一千多年的历史，一千多年以来，信印度教的教徒，当他们的亲人逝去后，最迟两天之内，就要来到这个火葬场，亲手火葬他们的亲人。这样的场景对未曾经历过的我们来讲，的确是个大的挑战，尤其是我们到达火葬场的时候，已经临近黄昏时分，气氛更显阴霾。当导游说到了，大家请下车吧，有一半的人见此情景抗议说不去。

我们剩下一半的人，就下车向巴格马蒂河河畔的火葬场走去。空气中弥漫着一种令人窒息的味道，当我们就要走到河边的时候，我回头一看，已经有几个人开始恶心呕吐，摆手说真的不能去了。最后导游说，还有谁愿意跟我走？我和其他两三个人，跟着他继续走了过去。

我曾经看过巴格马蒂河火葬场的一些图片，因为拍摄于明亮的阳光之中，感觉和野外烧起的火焰没有太大的区别。可这一次我亲临现场，在沉沉的暮色之中，看到那河边一堆一堆的火焰，心里真的受到很大的震撼。在国内，当有人死亡的时候，我们眼前常常出现的色彩多数都是黑色或者白色，一种很强烈的、肃穆的对比，但在加德满都，印度教教徒的死亡仪式里面，摆满了各种各样的鲜花，有很多亮眼的金色、红色花瓣，所以看起来，并不是令人悲凄和恐惧的。我们在河边待了很久的时间，对火葬的全过程基本上有所了解。

整个焚烧的过程，首先由亲人们把逝去的人用担架抬到河边，把人（尸体）放在倾斜伸到河里面的那种有点像大搓板一样的平台上，用河水洗他的双脚，洗去人世间的尘土，然后再用河水清洗他的脸，把圣水滴到他的嘴巴和鼻子里面去，代表着洗去人间所有的烦恼。当这个步骤完成之后，就要把人（尸体）放到烧尸的台子上面，最后由家里人举行简单的仪式，然后点燃火焰。

整个过程有点像一具尸体睡在木头的床上，身边堆着大块的柴草，睡在木头之上，他的身上又覆盖了很多的木头，最上面覆盖了一层茅草。这个茅草在巴格马蒂河里面沾满了水，是湿的茅草。我觉得很奇怪，我们通常用干柴烈火来形容燃烧。但为什么要把湿的草铺在最上面呢？

尼泊尔的友人对我解释说，如果没有这层湿的草像被子一样盖在上面，火焰会非常猛烈，看起来火焰凌厉冲天，其实温度并不高，但有了这层湿的草盖在上面，只有中间的部分燃烧，这样就能保持足够的温度，保证尸体充分燃烧。

这时，我想起了一点，就问随同前来的导游（可能因为我当过医生，问题问得比较直接），我说："一具尸体在这样大的火焰里燃烧的过程中，他的手应该会动。"导游有点惊讶地看着我："你看过这个过程吗？"我说：

"没有，我是从医学的知识来推断。"他说："是的，手会动。"我又说："那么我觉得尸体的脚有时候可能也会动。"他说："是的，脚也会动。"我又问："你看到过更大的动作吗？"他说："有的时候，尸体甚至会从火焰里坐起来。"我说："然后呢？"他说："然后他的手就不再动了，脚也不再动了，尸体坐起来之后，又继续躺下，躺回火焰之中。大概焚烧一个半小时之后，就看不到人体的形状了，再过几小时之后，人体就全部化为骨灰。"

尽管当过 20 年的医生，尽管研究过很多关于死亡哲学的思考，看过很多相关的书，我觉得在自己内心当中，对这样的场景早已有充分的心理准备，但是亲临现场的时候，仍然感受到极大的震撼。因为在那个过程中，人们可以看到在火光冲天的烈焰中一具尸体的肉身是怎样慢慢地在火焰中熔化。焚烧一具尸体，大概要 4 到 5 小时，这段时间他的亲人都一直守候在身边。4到 5 小时以后，等火光渐渐熄灭了，会有人把那些尸骨拣出来，放在一个袋子里放入巴格马蒂河。古老的巴格马蒂河就载着逝者的骨灰，流向恒河，去完成一次生命的轮回。

在尼泊尔的文化里，在印度教教徒的教义中，认为人的生和死只是一种不同的生命形式。人死之后把肉身烧为灰，把骨灰直接投入到巴格马蒂河里面，让河水载着骨灰向下游流去，很快汇入恒河，这就是一种善终，是灵魂得以轮回的一种最好的方式。所以面对死亡，尼泊尔人并没有过多的悲伤，不过不难看出，面容还是有些悲凄。同行的尼泊尔友人对我们说，难过并不是因为死亡，我们可以接受死亡，难过的只是再也看不到自己的亲人了。因为分离而难过，并不是把死亡看得多么恐怖。

我目睹这个过程，觉得既有令人非常震惊的一方面，也有引发我们深思的一方面。我认识一位教授，他从理论上完全接纳这件事情，说很想目睹整个过程，但是真当走向巴格马蒂河边的时候，他走到一旁呕吐不止，我们特别能理解他，说，你要是特别不舒服，就不要去了，还是回到车上去休息吧。

我想我们这个民族谈论生更多，往往忌讳死亡，在人们心中觉得死亡是一件黑暗、恐惧、甚至是肮脏的事情，还有的人会觉得那是一件丑恶的事情。但是直面死亡，我想是每一个现代人必须面临的问题，对于每一个新生命，我们是如此欢欣鼓舞地欢庆他来到这个世间，可是每一个人必须也要面对生命终结的过程。如果把它妖魔化，看得过于凄惨，迫不得已，痛不欲生，实际上就是对生命过程的厚此薄彼。因为有生就会有死，我们每一个人都会有这样终结的过程。

当我们到尼泊尔，到加德满都，到巴格马蒂河河边，去亲眼看一次生命消失的过程，尽管可能会感觉到某种不舒服，甚至强烈的不适应，但是这对我们来讲也是一种不同文化的洗礼。我们会看到这个世界上，原来有一些人，有一些民族，有一些人民，他们可以如此安然地接受生命的终结。

我后来问带我们去的导游："你第一次到巴格马蒂河旁边，目睹死亡，是几岁的时候？"他说："我 5 岁时。"我说："你害怕吗？"他说："我不害怕，在我们的文化里，从不畏惧死亡，这一次终结代表下一次新的开始。"当然，他们也是有宗教信仰的，可能和我们纯粹的唯物主义者有所不同，但是我想这个世界上，有各种各样的文化，对待生死，也有各种不同的阐释，比如在我们的文化里，孔子说："未知生，焉知死。"意思就是说如果我们连生都还没有想清楚，又怎么能知道死亡是怎么回事呢？孔子说的有他的道理，但是我想，我们可以把生和死放在一起来思考。

　　在我们生命的远方，矗立着一个不可逾越的死亡，生命都是有长度的，我们每一个人最终都会走到那一扇门前。这个道理就好像读书，从一年级读起，你知道总会有毕业的那一天。所以要思考好过程，把握当下的生命，让自己的每一分钟都变得快乐、有趣、有意义，我想这是我们非常重要的功课，也是今世为人的责任。

　　当我来到加德满都广场上时，做的最重要的一件事情是什么？我想大家一定想不到——就是坐在那里，晒着暖洋洋的、亚热带的阳光发呆。为什么会发呆呢？因为我们现代人的生活节奏真的是太快了，但到了尼泊尔，好像到了另外一个世界，所有的人都步履缓慢，他们那种微笑显得非常单纯而友善。我找了一个地方坐下来，在我的身边都是晒太阳的尼泊尔人，我闭上眼睛，就看见眼前一片红颜色，我想这个红色，其实是血液流过了我的眼帘。我们已经很长时间没有在阳光下，静静地享受阳光，享受和暖的风，享受这种缓慢的节奏。

那样不知道过了多少时间，一位尼泊尔友人走了过来，因为他会说中文，他就跟我说，很多的中国朋友第一次降落在加德满都的时候都会说，太不习惯了，你们这里的节奏太缓慢了，好像回到了几百年以前。你看人们走路的步伐，你看当地工作人员办事的效率。他说很多中国朋友初到加德满都的时候，头一两天都是怨言不断。但是慢慢住下来，经过一段时间的沉淀之后，就会发现慢有慢的好处。只有慢下来，我们才可以倾听到内心的声音，感受到大自然的美好，回溯灿烂光辉的历史，如果我们只是一味地匆匆向前，往往就容易忽略很多美好的风光。

我在加德满都的老杜巴广场上坐着，还有另一个感受印象深刻，那就是周围实在太不洁净了。为什么这么说呢？大家可以想象各种气味一下子全都蜂拥到鼻子里的感受。我晒了一会儿太阳，睁开眼睛一瞧，发现在我身边 10 平方米的范围之内，至少看到了五种动物的粪便。里面有鸽子粪，这是毫无疑问的，广场上到处都飞翔着鸽子。还有一粒一粒的，是羊粪，为什么会有羊粪呢？

这里要先讲我后来不再逐个参观庙宇的原因，因为我看到一只非常美丽的小羊，它那些黑色的皮毛就像打了摩丝一样，又黑又亮，它的眼睛里那种单纯和虔诚让人动容。我问友人，这只小羊是要做什么的？他回答说这是给神的祭祀用的，马上要让这只羊成为一种牺牲品。当时我心里面就咯噔一下，然后就决定不再去看其他的庙宇了。

还有牛粪，尼泊尔的国兽就是黄牛，牛在当地非常受尊重，它们可以堂而皇之地在街上走动，所以街上随处可见牛粪。此外还有狗粪，尼泊尔有很多的狗，到处都能看到狗，本地人对狗都非常友善，所以那些狗见了人也绝不会落荒而走，而是大摇大摆地慢慢走，地上有狗粪就不足为奇了。最后，还散落着很多的猫粪便。

一辈子都没有想象到这样的场景会发生在我身上，自己可以和这五种粪便，如此安之若素地和平共处。其实在那一瞬间我也在询问内心，我们

是否应该标榜洁净，我们是否应该觉得这些东西都是肮脏的？大自然是一个和谐的整体，把所有的地方都弄得纤尘不染，要耗费大量的水资源，还会造成很多其他形式的浪费，而人们却把这个定位为一种更高层次的生活。但是在我看来，在这样一种氛围内，加德满都的人民和这些鸽子、狗、牛、羊、猫等小动物，和平共处在一起的生活，也有一种独特的韵味。我希望人们能去看看各种不同的生活方式，并且尊重这种不同。

当我们看中国地图的时候，会看到在我们国家的东南方、西南方，有很多这样的小国，而去看世界其他一些大国的地图，寻找他们周围的亲密邻邦时，会发现他们是没有这样的小国邻居的。中国人民爱好和平，友好睦邻，尼泊尔就是我们亲密的邻邦。无论从美丽的山川风光，还是从尼泊尔另外一侧，来看壮美的喜马拉雅山，来看珠穆朗玛峰，都如同眼睛的盛宴，会让人觉得这个旅行充满了惊奇和快乐。

在尼泊尔这个古老的国度，那里的生活节奏，那里的人对待生死的观念，都给我们上了很好的一课，让每个人去认真地思考自己的人生该怎样度过，这是尼泊尔之行带给我们的宝贵收获。

关注"磨铁图书",
输入关键词"旅行是为了抵达内心和远方"
赠送 10 篇毕淑敏经典文字朗读音频
经典的文字,用朗读的方式,伴你成长

图书在版编目（ＣＩＰ）数据

旅行是为了抵达内心和远方 / 毕淑敏著 .—北京：
北京联合出版公司, 2017.8（2017.12 重印）
ISBN 978-7-5596-0823-9

Ⅰ.①旅… Ⅱ.①毕… Ⅲ.①散文集−中国−当代
Ⅳ.① I267

中国版本图书馆 CIP 数据核字 (2017) 第 193071 号

旅行是为了抵达内心和远方

作　　者：毕淑敏
责任编辑：夏应鹏
内文设计：沐希设计

北京联合出版公司出版
（北京市西城区德外大街 83 号楼 9 层 100088）
北京盛通印刷股份有限公司印刷 新华书店经销
字数：197 千字　700mm×980mm　1/32　印张：8.5
2017 年 9 月第 1 版　2017 年 12 月第 2 次印刷
ISBN 978-7-5596-0823-9
定价：42.00 元